U0473121

SHORT CLASSICS
短经典精选

UNA FELICIDAD REPULSIVA；INFIERNO GRANDE：AN ANTHOLOGY
———————— Guillermo Martínez ————————

令人反感的幸福

〔阿根廷〕吉列尔莫·马丁内斯 著　施杰 译

人民文学出版社
PEOPLE'S LITERATURE PUBLISHING HOUSE

著作权合同登记号　图字 01-2021-2612

Guillermo Martínez
UNA FELICIDAD REPULSIVA；INFIERNO GRANDE：AN ANTHOLOGY

INFIERNO GRANDE © GUILLERMO MARTÍNEZ，1989
UNA FELICIDAD REPULSIVA © GUILLERMO MARTÍNEZ，2013
Simplified Chinese edition copyright
© 2022 Shanghai 99 Readers' Culture Co. Ltd
All rights reserved.

图书在版编目(CIP)数据

令人反感的幸福/(阿根廷)吉列尔莫・马丁内斯著；施杰译.—北京：人民文学出版社,2022
（短经典精选）
ISBN 978-7-02-016322-9

Ⅰ.①令… Ⅱ.①吉…②施… Ⅲ.①短篇小说-小说集-阿根廷-现代 Ⅳ.①I783.45

中国版本图书馆 CIP 数据核字(2021)第 242018 号

总 策 划	黄育海
责任编辑	卜艳冰　欧雪勤
封面设计	好谢翔

出版发行	人民文学出版社
社　　址	北京市朝内大街 166 号
邮政编码	100705
印　　制	凸版艺彩（东莞）印刷有限公司
经　　销	全国新华书店等
开　　本	890 毫米×1240 毫米　1/32
印　　张	7.125
字　　数	132 千字
版　　次	2018 年 1 月北京第 1 版
印　　次	2022 年 3 月第 1 次印刷
书　　号	978-7-02-016322-9
定　　价	59.00 元

如有印装质量问题,请与本社图书销售中心调换。电话：010-65233595

SHORT CLASSICS
短经典精选

目录

001	大地狱
012	与维托尔德干杯
017	玛尔科内大酒店的舞厅
030	补考
037	帽力的快乐与惊吓
051	一次极难的考试
065	皮普金教授无法战胜的羞怯
074	千元纸币
079	被害者
088	一个养鱼者的肖像
099	令人反感的幸福
118	《易经》与纸男人
131	疲惫的眼
135	一只死猫
164	上帝的阴沟
167	理发师会来的
171	秘密
175	救命！
183	护犊之母

大地狱

许多次,当店里无人造访,只听得见苍蝇的嗡嗡声时,我便会想起那个小伙子,我们从来不知道他叫什么,镇上也再没有人提起过他。

出于某个我也无法解释的原因,一想到他,我脑海中浮现的总是我们初次见到他时的样子:脏兮兮的衣服,胡子拉碴,蓬乱的长发几乎盖住眼睛。那时恰逢初春,所以他进来时我猜想他是个往南去的过路客。他买了罐头和马黛茶——要不就是咖啡。算账的时候我看见他望着柜台玻璃中映出的自己,拨了拨前额上的头发,继而问我理发店在哪儿。

那会儿的旧桥镇上有两家理发店;现在想来,若他当时去了老墨丘那儿,可能就不会遇上那位法国女郎,也就没有那些流言蜚语了。可话又说回来,墨丘的店在小镇的另一头,所以不管怎样,我觉着,这事总还是没法避免的。

所以问题就在于我让他去了塞维诺的店,而且看来,就在塞维诺给他剪着头发的时候,法国女郎现身了。她用望着其他男人的眼神望着那小伙子。这就是整件丑事的开始,因为小伙子留在了镇上,而我们所有人想的都一样:他是为她留下来的。

塞维诺两口子在旧桥镇上住下也只是一年不到的事,我们对二人知之甚少。他们真是谁都不爱搭理,镇上不时有人愤愤评论,实际上,可怜的塞维诺只是因为不好意思,而那位法国女郎则可能是因为,对,有些高傲。他们是从城里来的,就在前一年的夏天,赛季之初。还记得塞维诺新店开业的那天,我心想老墨丘的生意就快黄了,因为前者有理容师执照,还在剃刀理发大赛中拿过奖。他的装备有电推子、吹风机、旋转椅;植物精油是必要抹的,不及时阻止他的话还会被他自说自话地喷上发胶。塞维诺理发店的报刊架上永远有最新一期的《周末画报》。还有,最重要的,这里有那位法国女郎。

为什么人们要这么叫她,我从来没搞清楚过,也从来没想深究:我一定会失望的,如果我得知她其实出生在,比如说布兰卡港①,或者更糟的,在一个和我们这儿无甚区别的镇上。不过不管怎么说,直到那时,我还从没见过一个像她那样的女人,或许只是因为她不爱戴乳罩,甚至冬天里人们都能发觉她在套衫底下什么都

---

① 阿根廷布宜诺斯艾利斯省一港口城市,位于大西洋沿岸,也是作者的故乡。

没有穿，抑或是因为她习惯衣着清凉地出现在理发店里，于众目睽睽之下在镜前补着妆容。但事实绝非如此。法国女郎身上总有某种东西，比她那尊优美的胴体——任何衣衫只会窒碍了它——更慑人心魄，比她领口那道深邃的沟壑更叫人心神不宁。那东西就在她的眼神里。她总是直勾勾地望向对方的眼睛，长久注视着，直到那位低下头去。她的目光煽动着，许诺着，却总带着一抹嘲弄，像是在考验着我们，尽管早就知道我们谁都没法让她提起精神，像是早已有了判断，在她的标尺下，这个镇上的任何雄性都没资格被称作男人。就这样，用眼睛挑逗着；用眼睛，傲慢地，一件件褪去自己的外衣。这一切都当着塞维诺的面，后者像是什么都没发觉，只顾默默埋头在一段又一段的后颈，剩下剪刀在空气中不时发出嚓嚓之音。

是的，一开始，法国女郎确实是塞维诺最好的广告，最初几个月，他的店里人流如织。可我把墨丘想简单了，这老头不是傻子，渐渐地，客户又都被他拉了回来：他不知从哪儿弄来了一批色情杂志——那些日子里，这都是军政府[①]严禁出版的刊物——而当世界杯到来之际，他又倾其所有购置了一台彩色电视机——镇上的第一台。自此他逢人便说，旧桥镇上，为男人开的理发店仅此一家：娘

[①] 这里指1956年将时任阿根廷总统胡安·庇隆（1895—1974）推翻的军人政权。

003

娘腔才会去塞维诺那儿剪头发。

即便如此,我还是觉得,之所以有那么多人回到墨丘那儿去,其根源仍旧在那位法国女郎:没有哪个男人能在那么长的时间里忍受一个女人的凌辱和嘲谑。

如我之前所说,那小伙子留在了镇上。他把帐篷扎在了郊外,就在沙丘后边,附近就是埃斯皮诺萨家寡妇的旧房。我的店他来得很少,每次来总会买上半个月甚至一个月的东西,但塞维诺的理发店他却是每周必要去上一回。很难相信他只是去看《体育画报》,所以人们不由开始同情起塞维诺来,因为事实就是这样,所有人从一开始就在同情他,而他也着实太容易叫人心生恻隐:他无辜的气质总让人联想起小天使,而动不动就朝你微笑的性格也是老实人所共有的习惯。他太安静了,有时就像沉浸在一个纠结而遥远的世界:他会目光迷离地把剃刀打磨良久,或是让手中的剪子永无止境地嚓嚓着,只有咳嗽一声才能将他唤回此世。有一次我从镜中窥见他也在痴痴地望着那位法国女郎:带着无声而专注的热情,就好像连他自己也不敢相信这样一位俏佳人竟是他塞维诺的老婆。真叫人心酸啊,如此虔诚的、找不到一丝怀疑暗影的目光。

另一方面,要找理由谴责那位法国女郎也太过容易,尤其是对于那些已为人妇或是待字闺中的女镇民而言,她们已组成了对抗法国女郎那可畏乳沟的统一阵线。而不少男士也对之胸怀愤懑：首当其冲的就是那几个享有"旧桥雄鸡"之名的汉子，譬如俄罗斯人尼尔森，这些家伙可受不了被人轻视，更何况那嘲讽的目光是来自一个女人。

也许是世界杯的结束让人们失去了话题，或因偷欢在旧桥镇素来罕见，如今所有话题最终都会拐向小伙子和法国女郎之间的种种。柜台后的我一遍又一遍地听着相同的故事，先说尼尔森某晚在海滩的亲眼所见：那夜冷得紧，可两人都脱了个精光，该是嗑药了吧，因为就是在一群男人里尼尔森也无法将他们的所作所为说出口；再就是埃斯皮诺萨家寡妇的现身说法，她只要站在窗口，总能听到从小伙子的帐篷里传来的嬉笑和呻吟，不可能搞错的，两人定是又在滚着床单；更有来自比达尔家大老爷的证词，就在那家理发店里，在他跟前，在塞维诺的眼皮子底下……说到底，谁知道这些街谈巷议里有多少真实的成分呢。

一天，我们突然发现，小伙子和法国女郎双双失踪了。我的意思是，我们再没见到那小伙子露面，而法国女郎也同样不见踪迹，无论是在理发店、去海滩的路上，还是其他那些她惯常出现的地方。所有人最先想到的词都是私奔，因为这总还带着些罗曼蒂克的色彩；也或者是觉得危险已然离她们而去，女人们这会儿倒都像是谅解了那位法国女郎：这种婚姻么，其中显然有什么不对劲的地方，如今的她们这样说；塞维诺对她来说真是太老了点，其实回头看看，那小伙子人也确实不错……在小姊妹圈子里说着这话的时候，人人脸上都挂着心照不宣的笑，当事人要换成她们，谁又能保准不会做出相同的选择呢。

可一天下午，当人们再次谈论起这事时，埃斯皮诺萨家的寡妇刚好也在我的店里，只听她用神神秘秘的口气说，就她的理解，事情可能远比大家想象的可怕；大家都知道，小伙子的帐篷就扎在她家附近，尽管她也一样没见过他回来，可那帐篷还一直在那儿，而让她觉得相当诡异的是——她又重复了一遍，相当诡异——他们走的时候竟然没带上帐篷。这时有人说起是不是该报警什么的，寡妇低声回答，最好也看着点塞维诺。我记得当时我就火了，可我也没想好怎么去驳斥她：我早给自己定下过规矩，永远别去跟客户争。

于是我开始弱弱地辩白，说没有证据不好随便怀疑别人，在我看来塞维诺不太可能，你想啊，他是塞维诺……可就在这时寡妇打断了我：谁都知道，要真把老实人逼急了，他可什么事都做得出来。

当我们还在就这个话题你一言我一语的时候，塞维诺出现在了门口。瞬时一片死寂；他应该察觉到我们在谈论他，因为所有人都在试图避开他的目光。我竟看见他脸红了，此时的他像极了一个毫无防备的孩子，从不知道如何长大。

结账时，我发现他只买了少量的食品，而且没买酸奶。他掏钱的当儿，寡妇冷不丁地问起他法国女郎的去向。

塞维诺又一次涨红了脸，但这回的红是慢慢泛上来的，就好像被问到这样的问题反倒是他的荣幸了。他说，他妻子到城里照顾父亲去了，老人突然得了重病，不过她很快就会回来，说不定也就是一个礼拜的事。而就在他刚说完的那一刻，我看见所有人的脸上都浮现出一种奇妙的表情，我花了好大力气才辨认出那是什么：扫兴。可塞维诺前脚刚跨出去，寡妇后脚就又拾起了她的职责。戏演得不错，她说，但还是骗不过她的眼睛，反正我们是再也不会见到那个可怜的女人了。同时她还低声念叨，说血案已经在旧桥镇上发生，任何人都可能变成下一个受害者。

一周过去了，一个月过去了，法国女郎没有回来，也没有谁再见过那个小伙子。孩子们开始在那顶废弃的帐篷里玩假扮印第安人的游戏，而旧桥镇的居民们分成了泾渭分明的两个阵营：确信塞维诺是杀人凶手的，以及事到如今仍对法国女郎的归来抱有希望的——我们的人数还在日渐稀少。坊间已流传起这样的说法，称塞维诺在给小伙子理发的时候用剃刀割断了他的喉咙。做母亲的纷纷告诫孩子别在理发店所在的街区玩耍，也祈求自己的丈夫重新做回老墨丘的主顾。

可是，尽管感觉有些奇怪，塞维诺的店里也不是完全没有客人：镇上的男孩们互相挑衅着竞相坐上这位理发师不祥的转椅，特地要求用剃刀修发；顶着一盘油光锃亮、喷过定型摩丝的头发已成了男子汉的证明。

每当我们问及法国女郎的下落，塞维诺总还会把他病重的丈人的故事重复一遍，尽管现在听上去已经不那么可信。好多人不再跟他打招呼，而据我们所知，埃斯皮诺萨家的寡妇已经提请警长将他先行逮捕。可那位警长的回复是，只要尸体还没有出现，就无法采取任何行动。

于是镇民们开始猜想尸体：一些人称塞维诺把它们埋在了自家院中，而另一些人坚信那两具尸体已经被切成一条一条投进了海里。就这样，塞维诺每一天都比前一天更似魔鬼。

日复一日在店中听着相同的议论，我感觉到一种迷信的恐惧，我总有预感，在那无休无止的猜度中，一场不幸正被催生。而埃斯皮诺萨的寡妇像是中了邪，无论到哪里都要用她那把可笑的海滩铲挖上三两个坑，她甚至放出话来，不找到尸体决不善罢甘休。

一天，她找着了。

那是十一月初的一个下午，寡妇走进店里，问我有没有铁铲；而后她高声宣布——为了让所有人都能听见——是警长派她来的，不仅要找铲子，还需要几个志愿者，一起到桥后头的沙丘去挖点东西。说到这儿，她特地放慢了语速，说她，在那儿，亲眼见到，一只狗，正在啃一只人的手。刹那间，一切成了事实，当我在库房中找铲子，关闭店门时，我不停地听到——却依然无法相信——人们惊恐的、断断续续的词句：狗，手，人的手。

寡妇带领着队伍，意气风发。我扛着铁铲走在最末。环顾众人，见到的依旧是那些脸孔，平日里来我店里买通心粉和马黛茶的人；举目四望，什么都没有变过，没有意料之外的疾风或是尚不习惯的缄默。一觉醒来后的无用时光，与任何一个午后相同。一栋栋小屋从脚下伸展开去，越来越小，直到遥远的大海，太纯朴，不设埋伏。瞬间我像是明白了我不信任感的来由：不会有这样的事，这种事不会发生在旧桥镇。

我们抵达沙丘时，警长还一无所获。他光着膀子，铁铲上下无功。他粗略指了指周围，我把铲子分了，又将我的那把杵进了我觉得最无害的角落。此后许久只听见切割土地时金属的滞涩震动。随着时间流逝，我对铁铲的惧怕在逐渐消散，也许寡妇看错了呢，也许那一切都不是真的，而就在此时，我们听到一阵激烈的吠叫。是此刻在我们身旁焦急等待着的、寡妇提过的那条可怜的病狗。警长本想靠扔石头把它吓走，可它一次次又跑了回来，有一次差点都要扑到警长身上，于是我们意识到，就在这儿没错。警长重新开挖，一铲比一铲快，而狂热会传染，所有铲子一齐加速，不久只听警长一声大吼，说他好像挖到了什么，于是又两铲子下去，第一具尸体出现了。

其余的人只是匆匆往那儿瞥了一眼就又都挖了起来，几乎是争先恐后地，翻找起那位法国女郎。而我走了过去，强迫自己仔细看那具尸体。它眉心有个漆黑的孔洞，眼窝中塞满尘土。并非那个小伙子。

我转过身，想把我的发现告诉警长，却像走进了一场噩梦：所有人都挖到了尸体；它们就像是从地里长出来的一样，每一铲子都翻出一颗人头，每一铲子都有一段残肢出土。放眼望去，到处都是死人和更多的死人，许多头颅，许多头颅。

我失魂落魄，从一头踱到另一头；我无法想象，不能理解，直至我看见一段千疮百孔的背脊，以及稍远处的，一颗被绷带蒙住了双眼的人头。我朝警长望了过去，他也已经明白过来，于是叫我们待在原地，谁都别动，等他回到镇上，请示上级部门。

关于等候他的这段时间都发生了什么，我的记忆里只剩下那条狗没完没了的吠叫、死人的味道，以及寡妇用她那把小铲在一堆堆尸首中不住拨弄的情景——她一边翻搅着，一边冲我们大声嚷叫，别停手啊，还没找到那法国女郎呢。而当警长终于归来，他挺直身板，脚步庄严，像是已经准备好发号施令。只见他在我们跟前站定，随即命我们将一切恢复原状，把尸体重新掩埋起来。于是所有人又开始挥起铲子，谁都没敢多说一句话。当尘土缓缓将遗骸覆盖，我问自己那小伙子在不在其中。狗还在吠叫，疯狂地蹦跳。我们见警长蹲了下去，双手握枪。只一声响。狗死了。而后他向前两步，枪仍在手，踢了它一脚，叫我们把它一道埋了。

回去之前，他下令任何人都不得同他人讲起今天的事，随后一一记下了我们所有在场者的名字。

法国女郎是在几天后回来的：她父亲痊愈了。至于那小伙子，镇上再没有人提起过他。那顶帐篷很快被偷走了，还没等新赛季到来。

与维托尔德[①] 干杯

时间是这么过去的：小卢卡斯在地毯上玩着榛子，我堂妹安德烈娅——虽迟了些却依旧无可指摘地成了母亲——解释着一次性尿布的相对优势，而她丈夫，臀状的安东尼奥，又一次把杯斟满。慢慢地，安德烈娅赢得了所有人的关注，姑母们用适时的打断为她助力，补充着尿布的轶事与回忆，于是尿布收割着骇人的维度，对话无可救药地尿布化了，全不顾我父亲还在试图力挽狂澜，在角落里继续述说着某个波兰作家在阿根廷的风格演变，可惜那个人只有他自己认识。

不管怎么说，家里终于有了个宝宝，我感觉大家都从心底里舒了口气；现在就可以理所当然地把谈话的舵交给安德烈娅——一个已然精于此道的妈妈了——好叫她和姑母们挑起大梁，保证聊天安全无害，特别是不要扯到政治上去，好让我们安稳抵达十二点的祝

[①] 指波兰作家维托尔德·贡布罗维奇（1904—1969）。他常在作品中使用反美学的词汇，甚至生造词。

酒仪式。

我妈妈早就占据了有利地形，偷偷监视着盘来盘往，而后绝望地发现她的轻乳酪蛋糕被卡门姑妈的水果挞比了下去。从没料到我妈妈还能这么大方，冲着我和我哥一顿好劝，只盼我们能多吃些她做的。而当卡门姑妈亲切地、殷勤地、用胜利者的姿态，把一块又一块水果挞搁到我们盘里时，我妈心都快碎了，就好像我们都是背叛者。

奶奶因糖尿病被流放得远隔餐桌十万八千里，她无助地巴望着远处还在不断缩小的蛋糕以及遥不可及的果脯，贪婪地、极慢极慢地，啃嚼着姑母们出于慈悲施舍给她的那唯一一块杏仁饼。与此同时，轮椅上的老毛罗点着了烟斗，紧盯着表盘，持续播报着：还差七分钟。现在还差六分……

只有特蕾莎像是出离了愤怒：望着小卢卡斯时，她几乎掩藏不住自己的愤恨。或许是因为这孩子令她想起她今年已经三十四岁了，在不知疲倦的暧昧与缠绵过后，仍旧是一个人，抑或因为这是她第一次乏人关注，尽管她的领口豁得比去年更开，还把女星们的招数使了个遍，两条玉腿搁过来跷过去，晚礼服的肩带时不时从肩上滑落下来，仿佛是满含着许诺的粗枝大叶。连我也不再看她，一方面是由于这般光景——美人的迟暮，睫毛膏与粉饼的最后一搏——太令人感觉压抑，另一方面也是因为，我已能够确认，在多年之后终于她也戴上了乳罩，于是她胸脯的摆荡顿时就失了些颜色；但最重要的，最重要的是，此刻我真没法将目光从小表妹唛特身上移开，噢，唛特，唛特，真不敢相信连你也交上了男朋友，可事实就是这样，软木塞击中她的椅子时有人说，候选人已经有了，而她的脸唰一下就红了，接着美滋滋地笑了起来，没跑了，绝对没跑了。

所以我说，时间就是这么过去的，当安德烈娅意外发现安详平和的尿布问题已经聊无可聊，便将话题转向了……呃……系带过长。是的，小卢卡斯有系带过长，不过不是唇系带，不，不，是舌系带，这小家伙舌头伸不出来，之后肯定得动手术。不然你们想啊，安德烈娅说，到了一年级，别的小朋友朝他吐舌头他都不知道该怎么回应。我们想象了一下那场景，就都笑了，不管怎么说，系带过长也是个安全的话题。而且啊，卡门姑妈插话道，有些字母他还不好发音，就比如 t。还有 d，我妈补充道。这时屋里突然安静了下来，因为所有人都极其认真地在脑子里过着字母表。随后，特蕾莎把小卢卡斯抱了起来——也没人想到要去阻止她——给他哼起了小曲：卢卡，小卢卡，你的小舌头怎么啦。而突然间……事件开始接连发生：特蕾莎伸出了舌头——她自己的舌头，可小家伙丝毫没有要效仿她的意思，依旧把小嘴闭得紧紧的，剩下特蕾莎的舌头垂在那儿，一根淫荡的舌头，放肆热吻的舌头，寡廉鲜耻地扭卷着。而这还只是开始，因为紧接着赶来试图说服他的是安德烈娅那根蜷缩着的发黄的舌头，再来是臀状的安东尼奥，舌头冲出他嘴巴时还带出了一声牛叫。可是没有办法，小卢卡斯想不通这些人到底要他怎样，所以只是呆呆地望着接踵而至的嘴巴，络绎不绝的舌头，直到所有的舌头都荡在了外边，而此时我见到了……我得以见到了……我弟弟那幼稚的、有些蠢笨的舌头，以及在他面前，我偷偷看到的……看到的……是卡门姑妈的舌头，它像食指一样拳曲着，挑逗着，像是个中老手，正在卖弄着什么——无论如何也不是水果挞。而这依旧只是开始，因为我看见了……在那儿，就在当了母亲的安德烈娅的眼皮子底下，毫无遮掩地展示着的：她老公、臀状的安东尼奥的肥硕的舌头与特蕾莎堕落的舌头并非完全不相干；恰恰相反，在那两根舌头之间有一种说不清道不明的默契，它们伸出嘴巴时是如此协调一致，像是在嘲弄我们所有人。随后我见到了奶奶的舌头——它涩得发艮——以及被烟草蛀蚀了的老毛罗的舌头，尽管我更希望没有看到它们；只见那两根腐朽的舌头像是在年复一年后认出了彼此，正奋力向对方伸展着，我实在看不下去了。而我最不想看到的是唛特的舌头，可是怎么可能看不到呢，它就在那儿，在我面前挑衅地炫示着，噢天呐，那是一根非比寻常的舌头，硕大无朋，与她的樱桃小口形成了鲜明的反差，可还有比这更糟糕一千倍的：那根舌头……那根舌头……已经没有一丁点的天真了。

当我还在为这最后的发现感到震撼时，传来了小卢卡斯天赐的哭声。所有人都笑了，所有舌头回归口中，老毛罗宣布十二点已到，酒杯高举，而在所有亲吻中首先到来的是唛特的一吻，无比温婉，如此轻柔：毋庸置疑。

玛尔科内大酒店的舞厅

某个周六，我走在科连特斯街上，寻找着那个我命中注定的女人，也或者说，随便哪个女人。我在普埃雷顿大街拐了弯，只为尾随一位黑发女郎，她全身上下没有哪个部位不在扭动，一双高跟鞋在脚底踢踏作响。我是在十一广场跟她搭上话的，最后发现原来她是收费的。当她给我报出那三个价位的时候，我暗自把我兜里的所有加了一遍，尽管我也知道那根本就是徒劳。二十五块，看能整点啥？我问她。你还是去买袋麦丽素吧，她建议道。而后，她穿过里瓦达维亚大街，一盘屁股扭得更起劲了，女人知道有人在看她的时候总是这样。

我正要回去，可当我从广场经过的时候，一栋老楼顶上红红绿绿的灯光引起了我的注意。那楼也就两三层高。舞厅吧，我思忖着。舞在十一，叫你嗨皮，想起这个我就过了道。我是稍后才发现我应该从写着玛尔科内大酒店的那扇门进的，舞厅就在酒店顶楼，而且很显然的，只有那部在嘎吱声中摇摆下行的饱经风霜的电梯能够带我上去。开电梯的按了四楼,我跟另外三个和我一般大的小伙子一道走了进去,他们是一起来的。其中一个留了中分;电梯上行的时候,他掏出梳子对镜整起了刘海。

"诶?大哥,"他突然想起问问电梯工,"您可知道,这宾馆能不能成双成对一起进来?"

"问大堂去。"电梯工没好气地回答。

"不是,我说……"那青年看着我们,像是微微一笑,"那就不方便走到哪儿随便吃人豆腐了嘛。"

那两个跟他一起来的都笑了:就指着这个呢。

门票是男士九块五,女士免单。我把我唯一那张十块交了出去,跟在那三个人后面迈进了舞厅。第一眼扫过那乐队和矮桌时我就想开溜,跟门口那哥们说,不好意思啊,跑错地方了。尤其是我看到了坐在桌边的那些女人。已经不是说年轻不年轻的问题了:都是些老娘们,对,就是这个词,老娘们,头发都是染过的,脸上跟敷了药膏似的,奶子在领口皱皱着,胳膊上的肉整个儿都垂下来了。我来得可真够及时的,我心想,再晚十分钟她们就都挂了。但这个地方让我觉得如此新奇,况且九块五也不是什么大钱,于是我把外套搁在了衣帽间里,挤过一张张桌子朝舞场靠了过去,好就近看看那乐队,他们这会儿还在准备之中;没错,正如我所担心的,我在一张长凳上发现了班多钮琴①：这是支探戈乐队。

钢琴手给出了个标准音，那位几乎架不住低音提琴的驼背小老头以微微发颤的琴弓回应。小提琴手过来了，还有班多钮琴手，一个染了头发的家伙也登上了木板台子，手握麦克；原来还带唱的。

第一波探戈攻势就此开始：

你说遇见我是天意，

此刻我意乱情迷，

我不再知道我是谁……

一对男女出现在舞池里。男的头发很长，乱蓬蓬的快要垂到肩上，活像白发大肚版的豪迈王子②，而那女的，真叫怪了，生着一双年轻人的腿；不是说她穿了丝袜，就是字面意思：她整个脑袋加起来没几根头发，颜色不怎么协调的脸也塌了下去，老太太标志性的小身板儿，可两条腿却奇迹般幸免于难——十分挺拔，有尖削的踝骨，完美无缺。

---

① 一种手风琴，十九世纪末被德国移民带到南美，逐渐成为演奏当地民间音乐的重要乐器，盛行于阿根廷和乌拉圭。
② 最早由哈罗德·福斯特创造的漫画人物，相传为亚瑟王手下的一位北欧王子，该漫画曾于二十世纪五十年代至八十年代多次刊载于阿根廷期刊。

看你擦身而过，

舞着高傲的探戈，

踏着紧凑的节拍，

性感狂热……

    目睹二人的舞步，人们会发现，这才是探戈应有的样子，没有花哨的装饰，没有马戏团般的哗众取宠。我们所有人都只是在看着他们，似乎没有任何一对敢上去与之争锋。

    而当第二曲探戈开始奏响，逐渐有人踏进了舞池；我朝吧台走了过去，跟我一同进来的小伙们也在那儿。

    "哎我说，敢情这儿是纯探戈么？"我问那个梳着中分的哥们。

    "三十三十吧，"他给我解释，"三十分钟探戈，然后是三十分钟'国际音乐'。什么昆比亚[①]啊，摇滚。还有博莱罗[②]。"

    "没有再年轻点的妞么？"

    "有啊，"他耸了耸肩，喝了一口，"都在舞池对面。或者那儿，靠窗那块。什么样的都有。不过还是老娘们好。"说着他微微一笑，像个行家。"跟老娘们你可以直奔主题。"

    我奋力来到另外那头，贴着桌边，小心规避着舞池中的一对

[①] 起源于哥伦比亚北部沿海地区的八拍舞曲，盛行于拉美诸国。
[②] 三拍子的西班牙舞曲。

对男女。中分说的话有点儿道理，我已经看到两三个差不多的，尤其是一个金发碧眼，她独自一人坐在桌旁，尽管也有点过气，至少每个部件都还在它们该在的位置上。她抽着烟，眼神迷离地望着舞场，低声唱着，像是背得下所有的歌词。

我在稍远处愣了一会儿，可还没等探戈结束、"国际音乐"响起我就赶紧靠了过去，因为我窥探到了来自四面八方的可疑行动；转眼，跟我一起来的哥仨已经围到了那张桌旁。就这样，我被中分抢先了一步；真得给他脱帽致敬，没等音乐起他就以借火的名义搭了上去，只快了一秒，就足以让我们所有人付出代价。

所以你们也知道在舞会上一发未中是什么后果：我眼瞅着舞池被塞得满满当当；这会儿他们还真就都出去跳了。

> 我来找个伴，
> 胖也好，瘦也好，
> 美也好，丑也好，
> 有什么所谓……

顷刻间，男女们都拥了过来，眼前的池子里再也摁不进一个人。我环视四周，桌子都空了，只有酒瓶还留在那儿。我打算绕着舞厅走上一圈。昆比亚在继续，"国际音乐"越奏越愤怒：

快把手拿出来安东尼奥,

妈妈就在厨房呐;

亲我一个卢碧妲,

你老爸没在瞧我俩……

地板随着一次次跳跃而震动,女士们的粉底开始闪出亮光。舞池中搭起了人肉小火车,有人扯着嗓子嚎出了副歌:

要是爸爸抓住了我们的把柄

我们就得结婚啦……

蓦然间,我看到,在其中一扇落地窗边,正望着窗外的,有一个矮矮的女孩:拇指姑娘。她背着身,我瞧不见她的脸,可是怎么说,我忖度着,总比一炮不发地傻待着强。问题在于,我就这样贴了上去,拍了拍她的肩膀,用无比郑重的语气以及相当夸张的恭敬抖出了我那条魔幻金句:"不知你能不能给我这个荣幸,小姐,准许我和你跳支舞呢?"而当我一抬眼的时候,发现:神迹啊;因为尽管那个角落黑不溜秋,我还是能瞅见,姑娘漂亮;甚至她还在冲我微笑。

"我不跳昆比亚的。"她说,而后骤然严肃了起来,像是猛地想起，发生这种事她其实内心是恼火的。

这会儿轮到"国际音乐"拯救了我，舞台上传来了女人，你能不能跟上帝谈谈……①

"那博莱罗呢？"我问道，几乎就没抱希望，只是随口一问，因为给你机会不好好把握的话……可是，真所谓"女人心海底针"呵，她想了一下，走向了舞池。我赶紧快步跟上，心里惊叹着我的好运。我们绕了几十圈，只为找到一个她喜欢的地方；这儿不行，这儿也是，一路上她就不停地在重复这句话，直到最后，她几乎停在了舞池的中央。我是想离我朋友近点，她告诉我，说着还笑了笑，像是在请求原谅。当我看见她这样，在灯光下腼腆微笑着，太妙了，我琢磨着，有戏，因为即便她往脸上拍了那么多的粉我还是能看出来，这还是个小姑娘，不超过十五岁，而当我伸出胳膊揽住她的腰时，就有种感觉，如果再稍微加点力它一定会叮当碎掉。灯光渐暗，我们身边有几对男女亲了起来。我自觉有些蠢，跟这么个小丫头跳舞。可是好吧，事情已经这样了，要么跳要么回去喝水，于是我开始问她问题，就那些最基本的，她叫玛丽亚娜，要不就是玛丽娜，反正也听不清，此外她住在卡瓦伊托。这时候我想起问她这是不是她第一次来。

---

① 歌词出自美国爵士歌王纳京高的《背叛》，巴拉圭歌手阿尔贝托·德·卢克曾演唱过该曲的博莱罗版。

"第一次也是最后一次。"她答道，然后我想，她可能也是来错地方了，跟我一样；但并非如此。

"我是陪朋友来的，"她说，"穿红衣服那个。"我半转过身，只看见被两只巨大的手擒住的背脊。"她比我大点，嗯，就是这样，是她说要来的……不过再没有下次了，"听她的语气像是受到了莫大的羞辱，"看看这个。"她用眼神指了指旁边那个体态臃肿的老女人，她正跟一个我这个年纪的男青年跳舞，那小伙想去亲她，而老阿姨半闭着眼睛，既不说好也不说不，只是随音乐晃动着脑袋，闪躲着对方的袭击，她轻笑着，却紧锁着嘴唇，直到最终做出了些微让步。

"我外婆在家给我织毛衣呢，我该把她也带来的。"我说，但是她没有笑，就好像没听见我说话。可我还是觉得这姑娘挺可爱，特别是她蜷在我胸口时的样子，于是，趁着灯光亮起，音乐停止，探戈乐队再次入场的当口，我诚邀她一起去喝杯可乐。去往吧台的路上我又瞄了她两眼：确实挺俊俏；清澈的小眼睛，长长的头发，身材也不错：虽都是迷你版，可是该大的大，该小的小。

"我朋友来了。"她说，这时我们才刚刚坐下。我转头看她：约莫三十出头，不过体型还保持得挺好，尤其是有一对惊天巨乳。

三杯可乐，我同时在计算着，还真请不起。

"抱得可够紧的哈。"拇指姑娘甩了她一句，她朝我露出了女生希望人们觉得她傻时扮出的那种憨憨的笑容。我借机瞅了瞅那对乳房，毫不避讳。

"哎，宝贝儿，也不是我想抱那么紧啊；那么多人呢是吧。"她干笑了两下。"你是不是不知道我跟谁在跳呢？"她说，"摇滚舞之王。瞧，他过来了。你记不记得我跟你说过这边每周日都会有摇滚舞比赛来着？嗯，就是他拿的冠军。不过他也跳探戈。"

摇滚舞之王长着张卡车司机的脸，两条胳膊上都有文身。他远远地跟她招了招手，她朝我们笑了笑，表示抱歉，她要回到舞场上去了。

"你朋友人不错啊，"我说，"眼睛挺好看。"

拇指姑娘默不作声。

"你的眼睛也很漂亮，"说着我朝她挪了挪，"是绿的还是蓝的？"

"会随光线变化。"她再次将目光投向舞池。

> 我感觉你一直在这里，
> 扎在我里头，
> 像刀子捅进肉里。

心潮澎湃的钢琴手伏到琴键上，主唱像是要把胸腔吼裂。豪迈王子和少女腿大姐粉墨返场。

"这两人,"拇指姑娘同我讲,"说是从男女朋友的时候就一直来这儿。男女朋友的时候。"她又重复了一遍,像是难以置信。"我朋友说,就没见他们落下过哪个周六。"

"啊?这么说你朋友也一直来?"我问道。

"嗯,也不算一直。"她扫视着人群,直到找到了她;摇滚舞冠军正引着她缓慢旋转。

"你不觉得探戈挺恶心的吗?"她冷不丁地问。

"恶心?你说哪方面?"

"就是……容易出事,"她蹙了蹙鼻子,"我也不知道。反正就恶心。"

"你多大了?"我问。

"我?十七。"她答道。

"也或者说,十四。"

她脸红了,笑了起来,嗯了一声。十四,我心想,完蛋了。我看了看表,快两点了。钱包也空了,都花在了可口可乐上。

"你话挺少的,"她评论起我来,"话少,但是聪明,能看出来;你长着张聪明人的脸。我话也少,可是怎么办呢,总得有人说话不是么?"

我不禁笑出声来,真是越来越喜欢这个小个子女孩;可她总觉得我是在嘲笑她——根据我的猜测。

"我很傻吗？你是不是觉得我很傻？"

我告诉她说完全没有，同时伸手把她的头发捋到耳后：这招从来就没失手过；还算不上是爱抚，却远比任何言语来得好用。她小抿了一口可乐，任凭我牵起了她的手。这会儿感觉就对了，我开始天花乱坠地胡侃起来，还编出了一套极其复杂的理论，讲到命运、偶然、善缘、孽缘、出口成章，像是天赐灵感一般。而就在此时，正当我要进一步给她解释我的重要思想时，我瞥见一个刚进来的女的——只看得到她的背面——朝衣帽间走了过去。一个念头闪过，我好像认识这盘屁股。果不其然，是那个黑发女郎——小婊子。只见她把外套扔下，径直朝吧台走了过来。我冲那儿瞟了好几眼，都忘了之前在说些什么，但我同时发现，拇指姑娘也不似刚才听得那么认真，像是在想着别的事情。她几口把可乐喝完，叫我等她一会儿，她有话要跟朋友说，而后她走向了那张桌子，她朋友在那儿跟摇滚舞冠军喝着啤酒。当看见两人双双去了洗手间，我朝吧台那头挪了挪，凑到黑发女郎边上。

"最近怎么样，好久不见。"我打着招呼。

"噢，亲爱的，真叫一个巧啊。"她投给我一个大大的微笑。要不说顾客是上帝呢。

"怎么想到来这儿？"我边说边朝她扣缝里瞄了过去。没穿胸罩。

"这你也想知道?"她拿起我的可乐啜了一口,"我五点开的工,累劈了,不想回家。万一睡着了呢,你说是吧?所以就到这儿来,消磨下时间。"

"你都在哪儿干活啊?"我问道,低头看了看表:两点半了;这会儿还有谁呢,我思量着。

"哎呀亲爱的,别问那么多嘛。"嘴上这么说着,她找出钱包,打开,递给我一张小纸片:**放松公司**,上面写着,**价格优惠**,还有个地址,在普埃雷顿,再就没什么了。我忽觉一只手搭在了我腿上。

"你不请我喝一杯?"她说,"我嘴巴干,口好渴。"舌头从右到左缓缓舔过嘴唇。

"过一会儿吧。"我随便应了一句,因为想起兜里已经没钱了;此外我看见拇指姑娘已从洗手间出来,正到处找我。我把杯子搁在吧台上,还没想好下一步该做些什么。"稍等片刻。"我说。

舞台上,"国际音乐"再次开始调音。这回一开场就是博莱罗,灯光渐暗,直到舞池中央漆黑一片。路过时我看见中分把舌头伸进了金发女郎的耳朵里;现在好了,目光所及之处,无不在上下其手。

"我们跳舞吧。"我朝拇指姑娘发出邀请,而她又一次回应道,好吧,不过要离她朋友近一点。

她朋友，她朋友，踏进舞池时我心里还在嘀咕，而当她把小胳膊挂上我的脖子时，我想起，那妓女不会等我整夜。我慢慢把她引到舞池中央，周围那些抱着的男女已经没在跳舞了。于是我看到他们，首先是那个摇滚舞冠军，摇滚舞冠军的那只手，开始在脊背上徐徐下行。

"你朋友在那儿呢。"我说。拇指姑娘忽地放开了我。我俩眼看着那只手在屁股上摩挲起来，屁股则迎合着它的逗弄。

拇指姑娘一动不动，像是无法叫自己不去看他们。

"我不跳了。"她突然说了一句，几乎是跑着离开了舞池。

话说，怎么没早发现呢，我心想，她们长着一样的眼睛，一样的嘴；不，真要说起来，可能她还漂亮些。黑发女郎还在吧台等着呢。我赶忙跑了回去。

"不知你能不能给我这个荣幸，小姐，准许我和你跳支舞呢?"我问道。

她微笑着瞧了我一眼，当我朝她弯下腰去，她抻了抻衬衣站了起来。与妓女共舞——可不是随便哪个女的，这么想着，我又一次高兴了起来。

随她一起步入舞池的当儿，我最后一次看见那个拇指姑娘，她坐在窗边，凝望着窗外。此刻的她侧着脸。等再长大些，我心里有一个声音说，她会有一对妈妈的乳房。

补 考

一九八四年,我二十三岁,正写着那篇题为"试述卢卡西维兹①伪补格四值逻辑"的硕士论文——不知怎的,我的朋友们都觉得这个标题异常搞笑。我在国会区租了间微型公寓,尽管时不时就把晚饭给省了,单靠奖学金还是很难撑到月末,所以系里问我要不要当助教的时候我就爽快答应了,反正教的也是逻辑学。这笔额外的收入够我买一张莫扎特音乐学院②的年卡,添置些书刊,还能每月去看两次电影。我上的是夜校的课,学生或者和我差不多年纪,或者——这事时常发生——就比我大上许多。

教课使我兴奋。不仅如此,它还赐予我一种隐秘的、前所未有的满足感;我原本——现在也一样——有些内向,可我发觉,当我登上讲台、拿起粉笔,就瞬间成了另一个人。我变得始料未及地雄辩,最晦涩艰深的公式也敌不过我轻松愉悦的热诚,这激情甚至感

---

① 让·卢卡西维兹(1878—1956),波兰逻辑学家。
② 位于奥地利萨尔茨堡,常有演出。

染着我的学生。我讶异地、带着些许骄傲地发现，我可以用康托悖论和罗素悖论令他们瞠目结舌，也能在论证中途、假设与理论间的不确定的瞬间，叫他们心如火灼，有几次我甚至把他们全逗乐了，用只有搞数学的才能听懂的圈内笑话；我有生以来第一回觉得自己竟有些迷人。

而在我所有的学生中，有一个姑娘一直拒绝被我俘获。这女生有个极难发音的姓氏，从不缺课，万年不变地坐在最后一排的其中一个角落。她长得很漂亮，给人的印象却像是千方百计不容允自己的美貌展露人前：她极少化妆，穿着总是蓄意地简单，就好像是挖空心思回避着别人的关注。

她笔记做得出奇认真，但很快我就怀疑她其实并没怎么听懂，尤其明显的是，我在课上讲的，她一个字都不感兴趣。她只是把我在黑板上写的原原本本抄下来，每次我说到题外话，我猛一下想起的什么有意思的东西，我总能感觉到郁积在那个角落的屈从的、轻慢的缄默，有几次我当场就没了心气。我讲的笑话她从来不笑，还不时低头看表，就好像待在教室里是一项艰苦卓绝又无论如何都逃避不了的义务。

尽管如此，我丝毫没有动怒，反倒有些被她打动。在那无声的抗拒中有一种忧伤的、异乎寻常的东西，每次我给出一个新的定义或是反复解释着什么而其他学生纷纷点头的时候，我只觉得我们在弃她而去，她在这里，越来越孤单。

放学回家时我跟她坐的是同一班车。我们从不交谈，小心保持着距离；先下车的是我，在罗德里格斯佩尼亚和里瓦达维亚站，我还记得，我自始至终就不知如何去解答这个显然算是相当简单的问题：下车时要不要跟她打招呼。

到了第一次阶段测验我才发觉她有着极强的自尊。测验有点难，其他学生都在不住地唤我过去，试图从我这儿套出些信息，或是能帮助他们解决某道大题的点滴线索。她不。焦虑随着时间的推移将她消耗殆尽，可整整四个小时里，她紧盯着试卷，没抬过一次眼。最终交卷时，我发现她连第一题也只写了个开头。

时光飞逝，于我而言。论文进度比计划的快；我浸没在乱纸堆里、草稿垛中，沁入心脾的是数学工作者专属的孤僻而无法言说的愉悦：我笔下的一字一句，几乎不可理解，同时又绝对正确。就是在那四个月里，我省却了两个月的电影，购置了一组竹制书架，在里面紧密共住着葛兰西[①]和皮斯库诺夫[②]、雷·帕斯托尔[③]和贡布罗维奇、数学原理和科连特斯街上满覆着灰尘的打折期刊。我

[①] 安东尼奥·葛兰西（1891—1937），意大利共产党创始人之一。
[②] 皮斯库诺夫（1908—1977），苏联数学家。
[③] 雷·帕斯托尔（1888—1962），西班牙数学家。

不记得还发生了什么特别的事。我只是幸福：幸福并不需要太多理由。

课程按部就班地继续着。当我讲到不完备性定理①时我看见迷惑显露在了每一张脸上，接着是惊慌、惶恐，以至于顶礼膜拜。我瞄了一眼我那女学生：就连这个，连哥德尔，都没能将她从沉默中拉扯出来。她仍来上课，我有些讶异；现在我已确信，这两个小时她一定觉得很难捱。

第二次测验。虽然比上次简单，可她没有交卷。讲台后的我看见她在试卷上胡乱涂写着，紧张地咬着铅笔，做着无谓的挣扎，却从未想到求援。收卷时间到，班里基本空了，她一样样把东西放进包里，起身离开。我收齐最后几份试卷，晚她一会儿走出教室。在公交车站，我再次遇见了她。

天很冷，又是晚上，等候37路电车的人只有我们俩，我不得不跟她说点什么。可这已经不是在课堂上了，我复又变得羞怯拙笨。她哆嗦着，美丽而忧郁的女孩。

"你没交卷。"我装出一副严肃的样子，用食指指着她。

她浅浅笑了一下，没说话，把大衣领子往上拉了拉。此刻，37路出现了，几乎是辆空车。她先上的车，而当我在买票时，只见她

---

① 指德国数学家哥德尔于1931年提出的不完备性定理。

在两排座位间游移不定。最终她选择了双人座。我过去坐到了她旁边。空气中有一种未决的静默,威胁着要无限延伸下去。

"这次考试,"我说,"并不是很难吧。"

"嗯,"她答道,语中带着苦涩,"别人都这么说。"

"那你呢,"我低声问她,"发生什么事了吗?"

她只是看着书包上那个小小的图案。

"我不喜欢。"她的声音很轻。

"你不喜欢……什么?逻辑学?你的专业?还是这个系?"

我微笑着鼓励她。她缓缓抬起头,脸上的表情沉重。

"我什么都不喜欢。"她说。

语气无条件地决绝。我一时愕然,难以置信地看着她。

"什么都不喜欢……不能够啊,总得有些什么吧,"我脱口而出,"你就没想过,比如说,换专业吗?人文学科可能好一点?文学啊,心理学之类的。"

"不,我什么都不喜欢。"相同的语调,相同的句子。

我用力想着,可真奇怪:确实没有太多可以推荐给她的。

"那艺术类呢?"我仍没有放弃,"绘画,或者戏剧。"

她机械地摇了摇头,像是在说,同样的清单她已经列过无数回了。

"要不行的话,体育呢?你不喜欢体育运动?"

"不，我什么都不喜欢。"第三次。

"好吧，"不可避免地我还是说出了那句话，"看来你只剩下结婚了。"

我见她眼中闪过一掠痛苦的暗影，像是从意想不到的方向受到了狠狠的一击。她转头望向窗外。

刹那间我感到一阵强烈的眩晕：公车正绕湖而行，到意大利广场尚有一段距离，可我已将可能支撑起这个女孩生活的为数不多的几根竹棍构筑在她眼前，而她已用那四个字，用她一再重复着的那个短句，将它们一一拆除。世间一切的隐秘的脆弱遽然间被揭示，就好像那是一块巨大的布景，我总是远远地望着它，而今有谁将它挪到了近处，于是我发现那只是一块上了色的纸板，拙劣的截面没有一点厚度。

见公车拐上大街，我直起身来。我只知道我想下车。我喜欢书籍和音乐；我喜欢电影，还有数学。

"我得下车了。"我说。

她略带惊讶地望着我，我似乎又一次见到了那抹悲苦的晦影：大概她也知道这不是我那站。但我已经站了起来。

"补考不难，"我告诉她，"把莱斯定理好好背一背，到时你坐第一排，行不行？"

她点了点头。下车之前，我看到她再次将目光投向了窗外，无所用心的样子。

就在那几天,有人问我要不要去拉普拉塔[①]教书,工资差不多翻倍。我当即答应了,毫无疑问。我再没听说过那个女生。

[①] 阿根廷布宜诺斯艾利斯省省会。

帽力的快乐与惊吓

——致莉莉安娜·艾克尔[①]

不久前，我到巴卡卡伊大街的税务所去交一笔过期税款。这是我第一次发生这种情况，所以我先走向填表处，把缴税单递给了那个半打着瞌睡的小老头。见到我他显得很高兴。

"来，来，让我看看哈，年轻人，小老弟，小家伙……"他从兜里掏出一副圆框眼镜，对着单子上的日期仔细研究起来。

"二十天！"他叫了起来。"整整晚了二十天！"他又说了一遍，脸上挂着得意的笑，"这太糟了，先生。非常、非常糟。作为惩罚，上右边去吧，长的那排。"

实际上，两排队伍都长得要命。尽头是柜台，其实更像块板子，两个工作人员在那儿剪票盖戳。我只一眼就看出，我排的这排队伍的工作人员，就算往好里说，也是个糙汉子，不仅仅因为长

[①] 莉莉安娜·艾克尔（1943— ），阿根廷左翼作家。

相——活像个被打肿了的拳击陪练，目光迟滞，面露凶光；他干起活来还带着种特殊的仇怨，好似被困笼中的凶兽般心怀不忿。他恶狠狠地划拉着票据，手中的裁纸刀让人联想起匕首；每个章盖下去都似榔头般轰响，我只觉得那块板子迟早要被他砸塌。

"文明的神奇之处，"我思忖着，"就在于它能把西装和领带套到这么个多毛兽身上。"称他为"多毛兽"真可谓名副其实，那家伙浑身没有一处不铺着毛发，但凡衣服留下再窄的缝隙，都有汗毛在争抢着呼呼往外冒。

当我还在为这萨米恩托①式的思考暗自偷乐时，忽然看见左边那排新来了个戴帽子的姑娘。

我不是那种能厚颜无耻地盯着女人瞅的男人，可我着实看了她好一会儿。不能说她有什么特别的，除了那顶不搭调的礼帽。她长得挺俗气，也谈不上漂亮，是那种没人会去关注的长相，除非是在候诊室里，抑或在排队等着交税——就像现在这样。同样没什么亮点的是她的身材：前也不凸、后也不翘。尽管如此，因为实在没什么别的好看，许久以后我发现自己仍在看着她。她环顾四周，小心躲避着我的目光，女人知道有人在看她时总会使出这招，论娴熟程

---

① 多明戈·萨米恩托（1811—1888），阿根廷政治家、教育家，曾于1868年当选阿根廷总统，发表有社会学著作《法昆多，又名文明与野蛮》。

度只有餐厅的服务生才能略胜一筹。这不禁让我有些恼火，因为说到底，正如我刚才所言，若非身处这样的环境，我根本就不会盯着她瞧：手头没有什么可看的东西，其他女的又都……要么是领社保的小老太太，要么是无可挽回的已婚大妈。可每当我想移开视线，也不知怎么的，那顶礼帽总在我眼前晃悠；它傲然自立于其他女士的脑袋丛中——她们至多也就是用头巾裹着发髻。

最终还是印章的轰鸣声助我将目光转开。我机械地想要跟进一步，随即就感觉有些不对劲：周围谁都没动。更糟糕的是，此刻所有的眼睛，所有的，都齐刷刷定在了我的身上。我当场就怔住了，一时不知所措；用余光瞄了眼门襟，拉好了的，又快速扫了遍全身，好像也没有哪处邋遢到了见不得人的地步。但当我检查完毕，所有人依旧定在那里，眼也不眨地瞪着我；所有人，除了那帽子姑娘，她好像毫无察觉，在帽荫底下心无旁骛。只见一位女士在私底下指了指我，又跟她小儿子耳语了些什么，随即那小孩也开始瞪起我来，瞳孔中烧灼着不可容忍的怒火。窸窣声变得愈发嘈杂，没觉察出是从哪张嘴里发出来的，音量却在不断膨胀中。

"小伙子！小朋友！"忽听背后传来一个声音，是填表处的老头在招呼我。我离开队伍回到那儿，两侧的叔婶们目送了我一路。

"是这么着的，"他低声告诉我，"您得戴上帽子。"

"帽子？你是说帽子吗？"我不确定听得对不对。

"对，帽子，没错，"他不耐烦地用手在头顶比画了个圈，"您的帽子呢？"

"可现在还有谁会戴……"我说，"我没有帽子。从小到大就没戴过。"我又用我所学会的最严肃的语气补了一句："简直荒唐：这年头已经没人戴帽子了。"

此话一出，我心惊胆战地朝身后望去，看来我已激起一波潮水般的愤怒；有些人的目光已经变为赤裸裸的威胁。

"啊哈，原来这年头已经没人戴帽子了，好，好，"老头爆发了，"你晚了二十天知道吗！二十天！结果这位先生还要来跟我讨论时尚的问题。行，行，你就说句话吧，"他此时的口气已是不容申辩，"你到底戴是不戴？"

我只觉背后是累卵般的寂静，它勉强维持着，但顷刻就会破裂。在这种情况下怎敢说不。

"可是……这会儿叫我到哪儿去弄顶帽子来呢？"我问道，"附近的商店我都不熟……而且等我回来，队伍里的位子都没了。"

我注意到老头的心情慢慢平复下来，他重又对我露出了笑容。

"我说孩子，"他打断了我，"这你就用不着担心了。请看。"他像变戏法似的从桌肚里端出一大摞帽子，有大有小，一个套一个，却奇迹般地在桌面上保持着平衡。

"来，看看想要哪个，"他用近乎幼儿的热情一层层拆起了那座帽子塔,"这是威廉·退尔①的帽子,蘑菇形的,优雅得很;再看这个:亨弗莱·鲍嘉②同款;再不行的话,花花公子的帽子你喜欢吗……还有这个这个,快看:一顶大礼帽。反正你随便挑吧,价钱都好说。"

我扫视着——心中还怀着些许不确定——在桌上摊开的一顶顶帽子,最终选择了我觉得最朴实的那一款:墨绿色的,毛呢料子,相当别致。

"还不错,"小老头评论道,"算是顶……有分寸的帽子。"

我转着看了下那顶呢帽,依然心存疑虑,又把它翻过来倒过去,仔细瞧了瞧里头。

"别担心,做工很好,针脚都是加固过的,苏格兰的呢子,"老头的声音里夹杂着不安,就怕最后一刻出现任何差池,"我说,你要不要戴上看看?"

我不太情愿地试戴了一下。从未觉得自己如此可笑。我甚至不知道这玩意是不是这么使的。

"棒极了,"老头问,"要镜子吗?"

我断然拒绝了。而掏钱付账时,我想起,帽子都买了,我应该

---

① 瑞士民间传说中的英雄。奥地利统治瑞士百年纪念日,总督高悬他的帽子要行人向帽子敬礼,威廉·退尔和儿子射杀总督,推翻了异族统治。
② 亨弗莱·鲍嘉(1899—1957),美国男演员,曾出演《卡萨布兰卡》。

有权问个问题。

"那其他人呢？他们为什么都不用戴帽子？"

老头把钞票收好，开始把帽子再一顶顶地擦回去。印章的敲击声再度传了过来。我转过身去：所有人又都回到了心不在焉的状态，带着排队者应有的漫无目的的眼神；那个妖怪似的小孩如今也很正常地哭了起来。

"回去排队吧，小孩儿，"老人温柔地说，"要不位子就没了。"

我回到队伍里，顶着那个绿绿的东西。至于为什么没有人再看我，我倒是一直很讶异。而当我重新见到帽子姑娘，我再次感受到了，对，那种令我再恶心也得看她的奇异的吸引力，可是现在，一切都不一样了！我也戴着帽子这点叫我们发生了感应，就在我的帽子和她的帽子之间产生着一种帽力。她也感觉到了，这点确定无疑。并不是说她在看我，不是这样。她在她那排的前头，要转头看我未免尴尬。而今在我的注视下她清楚表达着赞许，就像之前她的冷漠一样再明白不过，而当她扶弄帽子时动作是如此的夸张，我明白她之所以做出这样的举动全都是对我的暗示。

就在这会儿发生了另一桩事：她那排的工作人员，应该是个实习生吧，在一张单子上纠结了许久，而我恐惧地发现，我们这边的戳却是一个接着一个，如此一来，我只能眼看着百足虫的蠕动逐渐将我推向了那姑娘。就这样，不可避免的，我们终于在某一刻处在了同一水平线上。两条队伍挨得很近,让之前看她看得如此放肆的我颇感狼狈。我竭力控制着不去抬头,可这太难了,不只是因为那顶帽子,也不只是因为此刻的距离,而是因为——这是最重要的一点——现在轮到她盯着我看了!她久久注视着我,目光迫切而坚定,弄得我也禁不住回望起她来。于是在接下来的很长一段时间里,我们就这样愚蠢地你看着我我看着你,直到她乍然喊出声来,就好像她终于穷尽了她的耐性:

"您……戴着帽子!"语气并非惊讶,更非嘲讽;那是由衷的崇敬,从心而生的,以至于我都有点为这顶帽子骄傲起来。

"是的,没错,"我答道,轻轻扶了一下帽檐,"呢子还是苏格兰的呢。"

"那么巧,我有个舅舅在苏格兰。"她说道,两眼还在不住地打量我和我的帽子;她那仿佛见到神迹般的认真眼神,说实在的,已开始令我感觉有些不安。

"请原谅我,"她陡然来了一句,同时害羞地低下了头,"因为这真是太不可思议了,就跟星座运程上说的一模一样:与帽子的邂逅。而且我今天的幸运色是绿色!您相不相信星座?"

"我相信统计,"我回应道,"我大学里学的是统计物理。"

"统计,当然了,"她说,"我也相信的。我既不信通灵也不信塔罗,类似的我都不信,可星座我是信的,因为星象学就是纯统计嘛：统计，还有星际物理。"她微笑着看着我，仿佛我们重新回到了同一阵营。她在等待着——我猜——某种肯定的回应。幸运的是，这时她那排队伍往前推进了一点，我也得以省却了回答的义务。

这会儿，我看见多毛兽把图章举在了半空，眼睛则瞄着帽子姑娘；那眼神——我真不知道还能怎么形容——直白地袒露着生殖的意味。而当那印章终于落到纸上，我有一瞬间——我再次随着队伍向她靠近——产生了想要保护她的欲望；但也仅仅持续了一瞬间，因为下一秒我就发现她在等候着我，脸上挂着一种令人不堪忍受的微笑，仿佛准备对我的任何要求都说好，说同意，说完全同意。我决定让她先讲。

"所以你那个星座运程还说了些什么？"我问道，纯粹就是为了问点什么；要说另外还有什么选择，我能想到的就是她的苏格兰舅舅。

"它还说……"我发现她脸都红了。"啊，这个不告诉你。"她嘿嘿笑了两声。

她方才一直看着地，这下突然抬起眼来，一时间，那张被帽子完美衬托着的脸上产生了一种不可抗拒的俏意，那是大俗之物有时会散发出的说不清道不明的魅力，在它的驱使下，莲蓬头下的人们会暂且忘掉格鲁克[①]的咏叹调，转而哼起河流二重唱[②]的最新

---

① 克里斯托弗·威利巴尔德·格鲁克（1714—1787），德国歌剧作曲家。
② 由两个西班牙老头组成的演唱组合。

歌曲。

"你应该是金牛座的吧。"我听到她说。

我感到双重的气愤，一方面是因为我讨厌承认说我知道自己的星座（就好像我同样不想知道消化器官的功能或是某些电视明星的名字），而另一方面，我心想，是因为她的确猜中了。诚然，十二分之一的成功率相对并不算低，可我依然觉得，无论如何，这是对偶然性的不敬。

我坦承，我的确是金牛。

"我早就知道。特别肯定。"说这话时她脸上挂着胜利者的微笑，这愈发激怒了我，而她决定乘胜追击，开始给我讲金牛座的脾性。这会儿两条队伍几乎是在同步前进，给了她足够的时间对余下的星座进行依次说明。

我自始至终有着同一个感觉：这女孩无论是面相特点、聊天方式，还是述说着她的卑微科学时的那种幼稚的热忱，她一切的一切，都太过世俗，俗不可耐，可就是那顶帽子，一次又一次地使她安然无恙，有如奇迹一般；我仍旧在倾听着她的说教，怀着无谓却尚存侥幸的祈望，只盼着某个不期然的表情、某个眼神——不是智慧的至少也是讥讽的、某句威尔士语——虽然更加不可能——能向我揭示，其实她本尊即是那顶帽子，而其余都是假象，是她被指定去扮演的那个可悲角色。

"现在轮到你猜啦。"我的思绪被生生打断了。

我许久没在听她讲话,此外,我也说了,我几乎是职业性地仇恨着任何种类的猜测,所以我假装没听到,只是静静地等着。

"啊,实际很简单的呀,"她的措辞像个宽容的小老师,"我是最典型的射手,遮都遮不住。你还没发觉?爱做梦,敏感:我看电影经常要哭的。还有一点,我特别特别容易冲动。你看呀,"她还在继续,"金牛和射手。你不觉得有点巧吗?在十二宫里正好处于对面的位置,"她神秘秘地说道,"你知道这意味着什么吗?"

"我们没什么共同点?"我尝试着回答,没抱多大指望。她摇了摇头,继而靠了过来,像是要跟我说什么悄悄话。她一只手扶住了我的胳膊。

"互补。"她说,像是从唇间吐出了一个有魔力的词汇。她的手,据我所见,挺奇怪的,就像婴儿的手,所有指甲都被啃过。她徐徐将手收了回去,眼睛还在盯着我看。我只听背后传来一声不耐烦的咳嗽:轮到我了。

我往前一步,递上税单。多毛兽面无表情地甩了我一眼,完全没有要接过去的意思。

"你这顶帽子,"他说,"不行。下一个!"

我一时有些恍惚。我已经彻底忘记戴着帽子这回事了。可它就在那儿,确确实实在我头顶。我把它往下压了压;毛呢柔软的触感,抑或因为记起那呢子是苏格兰的,给了我足够的信心,让我站在原地一动没动。

"稍等,先生,"我尽可能表现得有教养,"您能不能告诉我,为什么我这顶帽子'不行'?"

多毛兽斜睨着我,像在犹豫花时间回答我值不值得。

"因为我说的。听明白了?下一个!"他又喊了一次,这下使出了全力。

我回过头去,徒劳地找寻着任何支持或安慰。只有帽子姑娘在望着我,眼含并没有什么用的同情。这时我记起,不管怎样,她曾经表达过对我帽子的钦佩,于是我积聚起全身的力量转回去说道:

"我尊敬的先生。"话一出口,连我自己都被我肃穆而有节制的声音吓了一跳;此外,我还从来没有哪句话起头得如此完美。我的周围鸦雀无声,这意外没有使我胆怯,反倒给了我新的勇气。

"我尊敬的先生。"我又重复了一遍,一是为了喘口气,二是因为我实在太喜欢这个开头了;紧接着我开始历数我的公民权利。借着这波才思,我回顾了卢梭的法治理论,继而是《圣经》律法。我谈到公共事务[①]和宪法,没有忽略一场好的演讲所应遵循的任何一条法则。我感到一种庄严的坚定正在我胸膛滋长,只有面对一群听

---

① 原文为拉丁语。

到入迷的观众时你才可能拥有它。我还注意到，帽子姑娘看我的眼神是愈发景仰。世俗的景仰，毋庸讳言，但也一样令我快乐，就像指挥家听到全场鼓掌时也会感到满足，哪怕下面的听众再不懂音律——至少我是这么想的。而当我仔细参考过修辞的艺术，我将决定性的一击留到了最后：

"现在好了，先生，"我义正词严地说，"如果您坚持要对我采取这种与任何法律准则相悖的态度的话，"这里我使用了一个意味深长的停顿，"我有义务向您索取投诉意见簿。"

多毛兽大光其火；有一刹那我觉得他要跳过来打我，并本能地往后退了一小步，但出人意料的，一抹狡黠的神色浮现在这个怒汉的脸上，一番艰难的权衡似乎平息了他的怒火。

"投诉意见簿，是吧。"声音听着倒很平静，但那副偶尔会出现在最粗鲁蠢笨之人脸上的诡诈的表情，因为罕见而几乎总是预示着危险。他轻握裁纸刀，细细划开我的单据，把图章在红泥里蘸了蘸，无比小心地在右下角盖上了戳；整套动作郑重得就像是在一份重要文件上签上大名。

"先生，您收好。"说着他把单子递还给我，毕恭毕敬；我觉察得到，那是他的嘲弄。

我为什么没走呢？我为什么直奔帽子姑娘而去？是因为她望着在小小战争中得胜归来的我时的崇拜的眼神？不。是因为那只曾经扶住我胳膊的不容置辩的手？不，不。原因仍旧只有一个：帽子！那顶帽子再次给了她机会；那顶奸巧的帽子又一次掩盖了她的庸俗。

"您讲得真好！"见我走到她身边，她大声赞叹道。

"实际上，"我谦虚地解释着，"我对法律还是小有研究的，也专门上过几节演讲课。"

"在修着统计物理的同时？"

"嗯嗯，此外我还集邮。"

"真厉害！我也有张邮票，苏格兰的，我舅舅来信的时候贴的，您要的话可以给您。您要的话，来我家，我找出来给您。"

"大概长什么样？"我漫不经心地问，因为我已经有不少苏格兰邮票。

这时我发现，多毛兽仍在警惕地瞪着我，怀着被遏抑的仇恨。而我瞅了回去，就好像在动物园里看猩猩一样满不在乎。

"上面有个王子的头像，要么是国王，反正类似的。远景是座极其漂亮的城堡。然后下面用金字写着，爱丁堡。"

"哦，我知道了，那是一九八二年发行的爱丁堡公爵纪念张。我有的。"

她不讲话了，彻底闭嘴。在说了那么多之后，此刻的沉默显得格外凄楚。我感觉自己不该这么残忍。

"不过我还是可以去看看的，"我说，"同样的邮票有两张也不错。可以跟人交换嘛。"

"是吗？真的吗？"她重新高兴起来。我本来还想说点什么，可是轮到她了。她朝我比了个"稍等"的手势，转身面向柜台。

此时发生了这么件事：见来者是她，多毛兽猛地站起来，挥了挥手中的裁纸刀和印章。

"这人我来接待，"他跟实习生说，"你去给这位公民把投诉意见簿拿来。"

没等姑娘反应过来，他已经伸手把帽子夺了过去。女孩理所当然地喊了出来，可笑地跳着想去够它，可多毛兽的手每次都比她高出那么几厘米。他一边笑着一边用目光向我挑衅，直到某个瞬间，他像是玩厌了，一把将帽子按在了柜台上，拼尽全力把印章砸在帽顶上。

女孩一声尖叫，哀求地向我望了过来。可我又能做些什么呢，那家伙就是个畜生。再说我跟她也不怎么熟，只是聊了会儿星座和邮票。另外还要特别说明一下她的头发——现在已经完全暴露在外了——栗色的，都枯了，俗气得很。

总之：我一路穿过那些用期待的眼神——谁知道他们在期待什么——注视着我的人，极为得体地从门口举帽致意，而后转身离去。

一次极难的考试

我在黑板上抄着考题；最上面，用我漂亮的字体写着：逻辑学——期末考试。而此刻，我抄着第四大题，我背后是我熟悉的静默；不安分的静默，交织着的是求援的目光和沮丧的叹息。起初他们总觉得考试是难的。

我也听到了窸窸窣窣的交谈声或是只说到一半的句子，可我毫不担心：讲台后面坐着我的助教佩特林斯基，他会负责不让人作弊。确实，他监考时有点睁一只眼闭一只眼，因为他还年轻，刚刚毕业，从心底里尚不愿抛弃学生的身份：至今仍留着长发，穿着高帮皮鞋和牛仔上衣。所以他只是在假装监督他们。但这并不打紧，我已让学生们都靠中间坐，将他们统统分开。我不怎么责怪佩特林斯基，就在几年前我自己也是这个样子。

我画了一个优雅的5。

"第五题！"我宣布着，难掩愉悦之情。也不知为什么，考试总让我心情畅快。

"别啊,行行好吧,别再来一题了……"一个细细的声音在哀叫着。

我转回身去,面带微笑:

"这样考才能显示出谁是好好学习的人啊。"

我总给我的学生们讲笑话。奇怪的是,我从来也不是那种所谓风趣幽默的人,但只要一开始上课,一站到那个讲台上,我就能在讲解的过程中插进一些着实有意思的东西。我最喜欢讲的是重言式①的笑话。重言式,我一本正经地解释道,就是指一个独立的明显的事实,一个在任何情况下永远为真的命题。就好比,我说,我有一只很听话的猫,我命令它:猫儿啊,你要么来,要么不来,于是我的猫要么来,要么不来。

同学们小声笑了起来,不太自信,因为还没完全理解。当然啦,要么来,要么就不来嘛,有些学生重复了一遍我的话,一下就懂了,开始哈哈大笑:那只猫要么来,要么不来!他们仍在喊着,边笑边发出尖叫。这招从没失手过。接着很自然的,我换回一贯的严肃,开始正式讲解。一个好的老师应该知道何时拉紧班级的缰绳。就比如现在,全部考题已经抄完,我转身面对我的学生,目光凌厉,直指人心,为的是让他们知道,纵然纸条再小,只要敢传,

---

① 逻辑学名词,亦称永真式、恒真命题、套套逻辑。

就逃不过我的眼睛。

"八点钟准时交卷,"我用不容置辩的语气宣布着,"现在请大家安静。"请大家安静,嗯嗯,不要来硬的:亲切要体现在细节上。

我在讲台后面坐下,紧挨着佩特林斯基,他迅速埋头看起了书。显然他是想放手不管了;我得一个人监督整个班级。如往常一样,教室坐满了。啊,不过这场监考似乎也不那么无聊:就在刚才,我发现了,算是突如其来的幸福吧,那个敞着衣服的女生。她坐在第三排,斜靠在椅子上,圆珠笔搁在一边,卷子当然一片空白:甚至都没打算装装样子。她只是看着我的手,怀着一如既往的饥渴的专注。我挺惊讶她月考是怎么及格的,我敢确定这姑娘对逻辑学是一窍不通;一学期的课上下来,她没做过一行笔记,没参加过一次答疑,只做一件事:在前排坐下,时刻关注着我的手。她怀着近乎狂热的虔诚,不肯放过哪怕一个手势,而作为回报,我以相同的兴致观赏着她的胸脯,借着讲台的高度望进衬衣的更深处——那第一第二颗纽扣慷慨奉献着,而第三颗又总是拒绝交出全部。就这样,我毫不分神地,一边讲解着某个定理,一边叫视线钻得愈加深入,我的双手也变得越来越有说服力,因那无以言表的恳求而倍感虚荣;它们抚着空气,以催人痴梦的手势,或轻柔置于讲台之上,或果敢握起于半空之中——因为粉笔断了,不然就是在拿着黑板擦。它们点着划着,既快又狠,疾停是为了重新开始;高悬着,换以更强烈更决绝的移动：当我的一番讲授无人听懂。

说实话，没错，这女生给了我灵感。但毫无疑问，我也清楚，她什么都没学懂。我瞥了眼佩特林斯基，月考的卷子是他改的。有没有可能佩特林斯基……佩特林斯基，这个笑起来羞答答的、一脸书生气的小伙子？我把目光转回到那女生身上，仍心存疑问。她丝毫没有放松对我双手最细微的摇摆的追踪。她的忠诚无可置疑，一股感激之情在我心头汹涌。我双手合十，把指尖对齐，缓缓朝下巴移了过去。我任它们在那儿悬停了一会儿，而后从大拇指开始轻轻抖了起来。我那姑娘几乎是屏着呼吸在观看着那微微摇摆的脆弱结构，然而，这就是为她而摇晃的。我把脸靠过去一厘米，此刻食指在摩擦着我的嘴唇。她在座位上扭动起来，无法移开她的眼睛，呼吸逐渐变得急促，在胸口激起柔软的波浪。现在我把拇指支在了嘴的下方，而她呢，在催眠的迷乱中，亵玩起了她衬衫的第三粒纽扣。

班里猛然间爆发出一个声音，那个声音，很不幸，我熟得不能再熟。是那呆小症患者，四眼侏儒。他坐在角落里，凳子上还放着一包糖果。刚才他问了我一个问题，这会儿正把一颗糖扔进嘴里，眼睛则假装无辜地透过镜片的涡旋底部看着我。每年我都会有这样的学生，像狙击手；可打从一开始这家伙就让我觉得尤其恐怖。每次在班上见到他，一种莫名的忐忑就会爬上我心头，让我无法全心全意去享受我那位女生的馈赠。我很清楚，他无时无刻不在盼着我出错，只要我的话音中露出一丁点的摇摆，他就会出其不意地甩出一轮侧舷炮火；一连串问题，每个都埋伏着圈套，只为了将我步步围困，而后用那乐于求知的学生般的伪君子的语调在所有人面前，赤裸地、不加掩饰地揭露我的错误。看我的笑话，是的，这就是他唯一的愿望。他恨我。我也不知为什么，但我总觉得，我那诱人的女学生与这事并非全无瓜葛。他恨我，他在耐心等待时机。已经有一次，在学期之初的那几节课上，他险些达到了目的。他似乎有能力，这也是最令我感到忌惮的，在空气中嗅到别人最细微的不确定：那次他差点把全班都拉到了他那边。

所以我明白，我必须十分小心。我站起来的时候异常缓慢，是为了赢得时间。他的问题听上去毫无侵略性，但这骗不了我。他想知道第一题的阐述中有没有什么差错。我在黑板前站定，仔细检查自己写下的算式。我不知道陷阱在哪里；更糟的是，我不知道有没有陷阱。不论最终结局如何，那家伙已经得到了些什么。教室失去了支撑它的东西，厌烦的低语声在我身后不断壮大：这一问他们想了那么久，要最后说是出题者的问题……我意识到，我必须给出回应，马上。但我迟疑着，思来想去。我没找到任何不对的地方；可算式那么长，我了解，只要其中漏掉一个括号，整道题就会完全不一样。我偷偷瞄了眼佩特林斯基，想要寻求帮助，可他依旧潜心于书页之间,对一切不闻不顾。交头接耳声越来越响,越来越放肆。我得立刻做出决定。

"算式应该没错,"我冒险回答道,"你有什么问题?"

那只老鼠从袋子里又掏出一颗糖。

"我都想了快一个小时了,"他说,"也没想出来。"

我不禁露出一丝轻快的笑容。我得挖苦他两句;对,此处宜有讽刺。

"所以说嗬,就因为您没想出来,就因为我们这位先生没想出来……"我开始实施我的计划。

"谁都想不出来。"他无礼地打断了我。

旋即是一波大合唱式的赞同。蛇崽子。我瞟了眼第一排,那儿坐着我最好的学生:一个国际象棋手,还有个留着长发的犹太女孩。女孩憋红着脸,这是脑力透支的表现;至于那棋手,我从这儿看得到他的卷面,满篇都是被他划掉的草稿。我听到不停拍打凳子的声音:好难啊,他们叫喊着,好难啊。有人把试卷揉成一团扔上了讲台,我难以置信地望着那仍在我脚边蹦跳的纸团。

"安静!"我吼道,很遗憾地破了音。"安静!"我又试了一次,终于得以控制住自己,"题目没错。要觉得难就先做下一道题。"

这句话总算镇住了场面。一时间,所有人的心思又回到了卷子上。教室复归寂静,但我仍然不敢掉以轻心。那是满含仇恨的死寂，怒火只是被将将压了下去。我尤其担心一件事：第二大题，我料想得到，他们会觉得更难；实际上，我是按从易到难的顺序安排的考题。我坐回到讲台后面，始终没法定下心来。他们就快发现了吧？我在我那女生的双乳间寻找着慰藉。我亲爱的姑娘，她在等候着我，就像什么都没有发生过；她时刻准备继续我们的游戏，就从刚才中断的地方。我试图像先前那样搭起双手，同时察觉到了它们的轻微颤抖。我复又将它们移向嘴唇；没用的，没用的，我再次听到了塑料袋的嘎吱声，那鼠崽又把一块糖果扔进了口中。我发觉他已经没在做题了。他在细尝玩味，以不知为何就让人焦躁的精确度。他气定神闲地嚼着，袋子里的东西逐渐见底。他一定是闻到了什么，那即将临到的、于凳头凳尾间孵化着的东西。我的目光扫过一排排的学生，试图截取某个信号，最微小的征兆，但是没有。似乎有点安静过头了。我观察着学生们的脸，好像是初次相见：一个人上了那么多年的课，在黑板上写着相同的东西，有一天回过头，发现底下坐着的学生他竟然一个都不认得。譬如说以前男生在一边耳垂上戴的圈圈，一直让我觉得十分可笑，如今却只要是男的就都戴着圈圈，仿佛这是分辨敌我的暗号。再说那健身房里练出来的二头肌，纯机械制造的，现在也成了时髦玩意儿，既吓人又粗糙。而女生呢，我也发现了，一样不能信任：跟我大学里那些温柔的女同学全无相似之处；连我最忠实的粉丝也有些怪异——光盯着我的手看，眼神还如此饥渴。

我起身踏入凳子的阵列，所过之处尽是隐秘的视线、险恶的微笑，有些我一眼看过去就湮灭了，有些甚至还燃着余烬，就好像根本不用再费心掩饰。还有这静默，在暗中编织着什么，就在我们的眼皮子底下。而直到现在，佩特林斯基仍在埋首苦读。又是一阵塑料袋的脆响，我心头一颤。三颗糖，鼠崽最后的三颗糖，吃完袋子就空了，怎么办，怎么办。我突然很想上厕所，我紧张的时候总会这样。我知道抵抗也是徒劳，于是把佩特林斯基从书本里扯了出来，请他认真监考。我得快去快回：这蠢货对将要发生的事情毫无概念。我大步流星地穿过走道，心想我马上就要憋不住了，去教师盥洗室肯定是来不及了，我不得不走进了学生厕所。我偷瞄了眼厕格：好在里面没人。我赶在最后一刻拉开了门襟，细流渐渐起了，愈来愈自信，画出一道轻快悠长的弧形。我的心情随之慢慢平复。不如这么干：给他们点帮助，给个提示，至少让他们把第一题解了。丢了芝麻，我忖度着，好歹保住西瓜。但此刻我的眼睛瞟到了什么：我这才发觉，在厕格的标记间有一幅可恶的涂鸦，像是专门画给我看似的清晰得可怕。那是幅肖像，下流到无以复加，画的是我如何利用猫的顺从索取着性的好处。我猛地把拉链拉上。卑鄙。简直令人作呕。不过这样也好：事情已经清楚了。他们恨我。他们向来把我当仇人看。这下我明白了，为什么学期乍一结束，所有的人在走廊里就不再跟我打招呼。当然了,他们笑也不是因为我的幽默;事实上他们一直就在取笑我。而我还想着要帮他们一把。滚蛋吧。我推开厕所的门;上楼梯的时候,就听见一阵吵嚷声。像是出自我的班。门开了,有人朝我奔了过来;是的,是我最钟爱的女生;跑起来的时候她的胸多漂亮呵,那抖的。她抓起我的胳膊,急得上句不接下句。

"快跑……来啊……快,快!"她边喊边朝后面看。

我只犹豫了一秒:教室的门现在大敞着,我能听到玻璃的碎裂声、庆祝的嘶吼声,以及我的名字;是的,他们在齐齐呼叫着我的名字,那韵脚足以令我心惊胆寒。

我跑在女生的后头。我们飞速跳下楼梯,窜过大厅,越过大街,朝公车奔去。

"37路!"她指着刚刚起动的一辆绿色公交喊道。

我们绝望地与公车并肩奔跑,用尽全身力气跃上了那块踏板。直到掏钱买票时我才注意到,此时的我已经喘得不成样了。

"往后走,"她小声说,"去后门那儿。"

我跟随着她,从两排学生之间穿过;他们倏地安静了下来,从活页夹的上缘窥视着我。啊,我懂,他们互相都认识,有千万根线将他们联系在一起:体育比赛、饭堂、舞会……

"辅导我,"女孩压低声音,同时把她的夹子递了过来,"辅导我，不然他们会怀疑的。"

接过夹子时，我发觉我的手，很悲哀地，在抖；我把夹子放在膝盖上，偷偷将手藏进了上衣口袋。女生凝望着我的衣袋，眼中是痛苦的讶异。

"我们去哪儿？"我悄声问她。

"我家。只要跟我在一起，你就是安全的。"她故意把每个字都说得很重。我很想朝她笑一笑，但我不能：有个问题萦绕在我心头，无法甩掉。

"话说，佩特林斯基呢？"只觉得我的声音细成了根线，"他怎么样了？"

"佩特林斯基？啊，对，那助教，"她的脸上浮现出一丝调侃的、带着些阴毒的笑，"他没能逃出来。"

佩特林斯基，我想着，不会吧。他几乎就是他们的一分子；他压根就没想过要认真监考，这场考试根本与他全无干系。我听见我的牙齿在咯咯作响。该留在那儿的是我……

我努力让自己平静下来。不管怎样，车上没有人在看我们了。而且，确实，只要待在她家就能保证安全：她是个学生。甚至还可能是段愉快的经历呢。有意思的是，正当我又想到佩特林斯基时，公车驶上了环湖公路，开始左右摇晃；每过一道弯，我女学生的胸就会重重地朝我摆过来，于是特别同步地，我每重复一遍可怜的佩特林斯基,可怜的佩特林斯基,就能见到它们在我眼下翻滚,冲击着包裹着它们的衬衣的虚弱防线。

"我们在大道下。"她跟我耳语着,身体更明显地倾靠了过来,一时间我感觉它们要蹦跶到我膝盖上。

车停了。下车时我朝后瞅了一眼:紧跟着我们的有另外一辆37路,也即将进站。我吓瘫在人行道上:我刚看到,在车头的座位上,坐着那四眼老鼠。他一定看见了我俩。

"不要紧,"我的女学生说,"他不知道我住哪儿。"

似有新一轮的焦灼催促她行动起来。我走在她后边;她的臀部娇小紧致,肯定也不算难看。我们在一片树林里拐了弯。

"到了。"我们眼前是一栋白色的小屋,油漆是新刷的。她打开门,点起盏灯。我随她踏进一个铺着地毯的房间。房间尤其整洁,一张床暗示性地躺在一边。她邪笑着把活页夹从我手中抽走,放到房间那头的一个小架子上,和其他夹子塞在一块。

她转过身,抬起胳膊把后面的头发散开;乳房翘了起来,忽地绷紧了。

"来。"她说。我迎了上去,她解了衬衫,向我献上了——一手还难以掌握——那比我想象中还要大的乳房;它的尖端正痛苦地挺立着。

"摸我。"她的声线因渴求而沙哑。

我伸开手指,试图揪住那乳头,可是不行:她跳开了,就像被烫到一样。

"你的手……怎么跟砂皮似的!"她陡然间来了火气。怀着疑虑,她重新走近我,翻开我的手心。

"确实,大概,是有点粗糙,"我一下懵了,"是因为粉笔吧。十二年书教下来了,那粉笔灰……"

可她仿佛没在听我说话,像是发现了什么更糟糕的东西。

"你吃指甲!"她惊骇地叫了起来,语气中充满鄙夷。

"没有,没有,"我弱弱地否认道,"就是咬咬旁边的死皮。"

她狐疑地把我的双手移到灯下。我们同时看见,它们在微微泛光。

"你在出汗!你有手汗!"她咆哮着把我的手丢开,颤抖着,浑身都起了鸡皮疙瘩。

我把双手藏到背后,此刻我是哀求地在望着她。我的视线从她裸露的胸脯上遗憾地滑脱下来。我失落的球形天堂。

"我要你走,"说着,她将衬衣合上了,"现在就走。"

我正要求她,一抹微笑可怖地照亮了她的脸。

"或者你就待在这儿,如果你愿意的话,"她的眼里闪着不怀好意的光,只见她指了指电话,"不过先告诉你,我会叫几个同学过来,你会知道的,是他们让我有了学习逻辑的愿望。"

"别！"突如其来一阵难忍的酸胀感，我再熟悉不过了。"别，求你了，我这就走，"我央求道，"可是，能不能让我先去个厕所？"

她轻蔑地指了指旁边的门。洗手间闪闪发亮，一切都像在发着白光。我掀起马桶盖，怀着些许负罪感地开始将清澈见底的水玷污。而这时，我忽然听到门开了。是我的学生，她站在那儿，双臂交叉。

"别慌，"她说，"没在看你。我就是担心你溅在地上：男人总溅在地上。"

悲惨的是，我尿不下去了：下面的水流戛然而止。我提起裤子，末了的抖抖抖也给省了，生怕把地砖弄湿。我就不该在这儿尿的。果然还有剩，余下的几滴顺着大腿流了下来，可恶，还是热的，渗过布面，在裤子上形成一道深色的水痕，越来越宽，越来越长，无处隐藏。

女生打开临街的门。我踮着脚出去了，尽可能地把自己裹住，都没敢瞄她一眼。已经是夜里，街上漆黑一片，大路上的灯光远得几乎看不见。凉风拍打在裤子上，重又勾起水痕的羞耻。只一个念头便压垮了我，像梦魇般纠缠不散：我根本无处可去。我教了十二年书，每学期的学生不少于两百个，加起来何止千千万。

我叫得上名字的学生屈指可数，每个班就两三个，但反过来，他们所有人都记得我。他们窥伺着，在酒吧里，在影院前，在公车上,在超市里。我当了太久的老师:整个城市都被污染了。无论我走到哪里,都会有人指着我说:就是他,就是他考的我们。

我朝大路跑了过去。

"我给你们及格!"我呼号着,"都给你们及格!"

一片静默。

"你们都及格了!"我又一次喊道,声嘶力竭。

此刻我只看见,在一棵大树的高处,一只猫的眼睛正闪着磷光,而那只猫——我的天呐!——它既不来,也不不来。

皮普金教授无法战胜的羞怯

皮普金教授——阿诺多·皮普金，在里奥斯-莫里纳版最新教材出炉前被所有中学广泛使用着的语法小册子的作者——于旧桥镇火车站空荡荡的站台中央默默等待着。他站在那儿，一动不动，就好像只要站着不走就一定会有人来接他似的。

是萨缅托①的某个教育学会邀请他来的，让他讲讲经年的教学经验。每当感觉到站长好奇的视线，教授就会把邀请信从兜里掏出来，把最后那段念诵一遍，好让自己确信再三，他真的没有搞错日期。

火车开了一夜，但皮普金教授基本没睡。趁着失眠的当儿，他想象着自己将要接受的礼遇：会有个签售仪式，他会在自己著作的扉页上题上献词；或许还会开个新闻发布会，到时得应付当地日报的记者，用上压箱多年的圆滑句子——因为怕被学生和妻子嘲笑，

---

① 阿根廷一城市。

一直被他雪藏着。而尽管这位教授再不愿记起,尽管他觉得念及这种事情是那样俗气,此刻他还是想到,这套新西装花了他整整一个月的工资。

日上中天,教授终于说服自己,谁都不会来了,于是他决定找家酒店,好在会议开始前歇上几个钟头。站长向他推荐了距此两个街区的阿斯托里亚旅馆。据站长说,旧桥镇上似乎确实有个教育学会,信上写的会议地点应该也是对的:那个地址上的阿尔贝蒂图书馆——事实上也是镇上唯一的图书馆——同样离这儿不远。教授谢过站长,感激中带着许多轻松的成分,随后,他走到主干道、圣马丁大街上。

稍微走了一会儿教授就发现,这里的路名极具欺骗性:他刚刚穿过圣马丁大街和佩莱格里尼大街的敞阔路口,而旅馆所在的七月九日大街只是条狭窄的马路①,两侧都是平房。阿斯托里亚旅馆在街角孤独矗立。那是栋四层高的建筑,对于一个小镇来说似乎有些夸张,但教授记得有人跟他说过,到了夏天,作为疗养胜地的旧桥镇就跟大城市一样人流熙攘。他推开沉重的旋转门走了进去。一看到他,前台就把手头的报纸放到一边,起身招呼。皮普金教授环视大堂;看到光洁的镶木地板,铺着红毯的阶梯,他自问这儿会不会

---

① 七月九日为阿根廷独立日。西语国家的街道中,以人名命名的常为小路,以纪念日命名的常为大街。

很贵，在车站酒吧待到晚上会不会更好些。可是已经晚了：前台面带微笑，站得笔挺，身前是摊开的宾客登记簿，此外这已经是他第二遍询问教授的名字了。教授硬着头皮报出了自己的身份资料。

"三楼，"前台把钥匙递了过来，"很容易找的。"

上到第一个楼梯平台，红毯不见了，从两长排对开的房门中溷出了监牢的气味。给他的那个房间又小又破，这让教授的心安定许多：一张略带猥亵的床铺，旁边有个衣柜，柜门上镶着的镜子裂了。教授第一时间打开箱子，把他认真叠好的西装重新挂上，随后，望着镜中的自己，当下没认出来；这胡子，细密的胡子，一天没刮的胡子，叫花子的胡子……怎，怎么好这样出现在公众面前……

教授激动地在箱子里翻找着，但徒劳无功，这点他早就料到了：他妻子没把剃须刀放进去。女人就从来不记得剃须刀这回事；皮普金教授越想越来气，就好像他的生活里到处充斥着旅行和健忘的女人。他坐到床上，又看着镜子，边看边摸自己的下巴：这样去开会肯定不行。他瞅了眼时间：一点一刻。理发店应该都关门了，只好等到午休结束。

下午三点，皮普金教授决定下楼。不管怎样，他想着，时候还早，可以逛逛镇子。前台靠在椅背上睡着了；教授把钥匙搁下，没发出任何声响。他没敢叫醒前台,外面应该有人能告诉他理发店在哪儿。

皮普金教授走在七月九日大街上,街上空无一人。天很热,但他下不了决心把外套脱掉,生怕露出衬衫上的汗渍。只有少数几家店开着,大多都拉着帘子。他又走过两个街区,发觉不远处就是小镇的尽头,于是选择在下一个路口转弯:阿尔瓦拉多大街。阿尔瓦拉多,他试图回忆着,大概是个本地名人;拐上这么一条有着陌生路名的街道,他感觉自己还挺有冒险精神的。

可是,没走两步他就注意到,阿尔瓦拉多大街同样渺无人烟。至少这里还有阴凉地儿,他心想,同时听到有说话声从马路对面停着的一辆雪铁龙后边传了过来。教授过了街,看见车的前盖上斜倚着两个男孩,路边还坐了个露着半拉大腿的姑娘;三个人都抽着烟,女孩还嚼着口香糖。教授估计他们跟他的学生一般大,所以走上去的时候惴惴不安:平日里的起哄,厕所隔板上的涂鸦,无不令他对学生充满畏惧。这个当然不会拿到会上去说,但平心而论,确实是这样:他一直怕着他们,而他们对此也心知肚明。

见到教授过来,那三个人都不说话了。他询问起理发店的事,郁闷地发现自己的话音结结巴巴。

"理发店?"说话的像是三人中最大的那个,他嘬了口烟,微微笑着。"附近就有一家。"他告诉教授。

"别啊,汉尼拔。"女孩坐在地上喊了句。

"你闭嘴。"汉尼拔说。"就沿着这条路走,"他给教授指着,"过两个路口就到,在路对面;到那儿你按铃便是。"

教授迟疑着,又看了眼那女孩,她正认真地嚼着她的口香糖,仿佛决意不再插手此事。

"过去两条马路,明白了?"只听另一个把汉尼拔的话又重复了一遍。

刚转身,还没走到街角,教授就听见了那俩小伙子的笑声,片刻之后是一阵尖细的大笑,就好像那个姑娘,虽竭力忍耐,面对如此可笑的东西时还是败下阵来。教授的脸唰地红了。在他不能理解的所有事物当中,最难懂的可能就是这份羞怯,从一开始就令他无法说谎也无法面对漂亮姑娘的眼睛的羞怯。很长一段时间里,他觉得,可能到了某个年纪(他最先设想的是二十五岁,后来延到了四十岁),所有人,包括他,就再也不会腼腆害臊。但之后他渐渐发觉,他大概此生都摆脱不了那时不时升上脸孔的一波波热潮了,他对它们已经太过了解。

他们甚至都没在看我,过街的时候,教授想着。他的脸到现在还是红的。

那理发店更像栋废屋。拉到一半的百叶帘氧化锈蚀了,斑驳的墙皮里露出砖沿的锯齿。门上贴着格洛斯托拉①的广告,教授已经多年没见过这个牌子了。营业中,上面写着,但门是锁着的。皮普金教授按下门铃,又用手支着玻璃朝里看了看,屋内昏黑一片:大堂布满灰尘,铺着木头地板,一侧有把嵌着金色阿拉伯式图案的古旧的理发椅,一个肌肉发达的老头从椅子上站起身来。

他开了门,上下打量着教授。

"我……我就想刮个胡子。"皮普金教授心怀负罪感。老头还在盯着他,不发一语;他把仅剩的头发慢慢捋了捋,让门开着,又走了回去。教授紧随其后,把门合上,在那儿——在笼罩着厅堂的晦暗中——犹疑不定。

老头没把门帘拉起来:他走到房间尽头,打开一盏小灯,勉强照亮了镜子和座椅。他示意教授坐下,同时从钩子上取下一件白衣。教授照做了,从镜中看着老头如何一个个地把纽扣扣紧。他脚边有个架子,上面有几本发黄的杂志,教授弯下腰去,漫不经心地拣起一本:差不多三十年前的《周末画报》。老掉牙了,教授心想。况且他从来就不喜欢这种博人眼球的刊物。他把它放了回去,又抓起一本。光一照到封面,也不知为何,教授就记起了坐在道牙子上的那个女孩的叫喊。是同一份杂志的同一期。他俯身浏览着架上的报刊:

---

① 拉美一护发素品牌。

全都是那期《周末画报》，一九五七年十月刊。

理发师来到他的背后。当老头把围布展开，系在他的脖子上时，皮普金教授决定翻开那本杂志。纸已经有点发硬了，因潮气而粘在一起。此时理发师正费劲地搅动着罐子里的剃须膏。第一页上刊载着一位男影星的访谈，说的是他如何找到了自己一生的挚爱；内容当然是添油加醋的，可皮普金教授都不记得这人叫什么了。上面放了好几张两个人的照片，在教堂门口，恰如其分地晒着自己的幸福。教授转而想起了自己的婚礼：至少他从那时候就知道，他没有找到自己一生的挚爱。

下一则消息讲的是某舞厅发生的一场骇人的大火；教授赶忙翻页，不想瞧见第一现场里那些被烧焦的尸体。然后他就看到了那位女郎，她的大头照几乎占去半页。"恐怖，"上面用大号字体写着，"剃刀割喉。"但照片里那女人还是活着的。她不仅仅是漂亮，还有些什么，在那双眼睛里，在她的姿态中；有一种无比热烈的性感，超过了她过时的发型，仍在吸引着所有人的目光。

"挺喜欢的，是吗？"教授冷不防被问了这么一句，理发师再次来到他的身后，高举着毛刷，"谁都喜欢她。"

他微微抬起教授的头，几刷子就把剃须膏抹匀了。教授瞅了眼镜子里好似圣诞老人般滑稽的自己，又低头看那张照片，像是经不住它的诱惑。他不曾拥有过这样一个女人，未来也不会有。

旁边那页上还有一张照片：一个长发的小伙子，年纪很轻，脸上敷着块创可贴。

理发师从兜里挑出一把剃刀。

"你不是这儿的吧？"他用刀背拍了拍那张照片，"他也不是。他是为了她留下来的。"他说话时有点心不在焉，像是在对自己说；言语在空中悬停。

"他们还以为我没发现呢。"他打磨着剃刀，语气中有种遥远的骄傲。我得赶紧走人，教授一边这么想着，一边哀怨地注视着镜子里将要逼上自己脸颊的利刃。剃刀开始动作，随着柔和的噼啪声带走毛发与泡沫。教授见到惯常的自己逐渐显露出来——那张光滑的、微微发红的脸——他一时想起了挂在旅馆衣架上的新西服以及今晚的会议。

"十五年了，"理发师小心擦拭着刀刃，"我差点就逮到他了，结果只是在他脸上拉了道口子……"他像是迷失在自己的幻想中。"不过他会回来的，"他确信地说，嘴角露出一丝微笑，"我知道，他一定会回来的。"

皮普金教授已经没在听了，他想到了自己脸上的那条印记——浴缸里一次愚蠢的滑倒所致；伤口很小，都算不上真正的疤痕，但若把另一边脸也刮干净就一定会显露出来。我这就起身，交了钱就走，他对自己说。而理发师再次打磨着那把剃刀。教授重又望向自己在镜中的投影，想到照片上的女人，想到自己只有在浴缸失足的生活，想到那场用两页纸便能写完的死亡，但他知道，不，这并不是让他留下的原因。他很清楚，他留下是因为，在这个谁都不认识他的小镇里，他不敢这样走到街上，腆着张刮到一半的脸。

千元纸币

来了。五点的火车。可能是他最后一次坐上它了。最后一次的王尔德——堂博斯克——贝尔纳尔。又怎样呢。没有怀念,没有解脱,只有正在减速的火车,燥热的风,破旧的铁轨,碎裂了的窗户。

站台上的人们拎起食品袋和手提箱,挤到未开的车门前。他望了眼车站大钟,努力不去看今天是几月几号;他从来不喜欢任何日期,包括纪念日。我是一九一九年生的,老头死在一九三二年,所以我是一九三三年开始工作的,今天我退休了。日期是致眩的黑洞边缘;你会落入其中,而其中空无一物。因此,最好忘掉今天是十二月六日,他被迫着一定要说点什么;他起立讲话,不可避免地终结于感谢,尽管他不想感谢任何人;但他们期待更多,他见到他们迫切的面容、不知廉耻的眼睛;一群兀鹰;快哭啊,这才是他们想要的;泪水沿皱起的脸颊滚落下来,光荣退休的忠实员工鼻涕眼泪抹了一脸,这样他们才可以说,瞧,帕斯夸尔先生他多激动啊,这老家伙，真可怜。

车门在腿脚的争抢中开启，但他得以偷偷溜进去，逆着反向的人流，比任何人更早地——侧身，以肘为支点，碾压——扑向那个空着的座位。下一刻是更凶猛的返潮，人群各就其位，手臂抬升，吊起躯干，满脸冒汗，空气顷刻间变得又热又稠，如一锅浓汤。

坐在他旁边的是个小学生，套着件遍是补丁的罩衫。对座的新兵两腿伸直，贝雷帽盖住了双眼。走道两端，一个胖女人和一位老先生正朝士兵身旁的那个空位匆匆赶来。他们没看对方，却都清楚另一个的位置，以眼角余光测算着剩余的步子以及需要躲避的大包小件。率先到达的是那老头，他从座位上向胖妇甩去了胜利的一瞥，同时从口袋里掏出手绢，认真擦拭起了他闪亮的秃顶。

好戏落幕，他调转视线；这时他发现了那张纸币，在地上，就在他座位的铁腿边。一张钞票，天呐，千元大钞。一定是那老头掉的，就在掏手帕的时候。他环顾左右，都是毫不知情的脸，谁都没有发觉；所以只要把脚稍微伸出去点，就像这样，弓起脚背，就像这样，假装不知道，就像这样，踩住它。对，就像这样。他警惕地抬起眼，老人的目光也朝向这边。他看到了？不，不可能，一切发生得如此快。他转过脸去，闪躲着那双灼灼的眼睛，差点笑了出来；火车发动了，只要等那老头睡过去，睡吧老爷爷，睡吧亲爱的，地上的钞票就归我了，归我帕斯夸尔，老虎没了皮毛也别去问自己为什么。他很久以前就学到，凡事莫自问。父亲说过，良心是有钱人的奢侈品，所以根本别去想那一千块钱是不是老头的退休金，对他枉然翻口袋的动作也该眼不见为净。

第一站，王尔德。就在这儿下吧，老伙计，王尔德有好多广场呢，广场上还有好多鸽子。但他坐着没动。大兵和小屁孩也是。隆隆声再起，车厢里倒是空了点，至少能呼吸了；城镇逐渐被甩在身后，电线杆的队列再次出现在窗框中。他假阖着眼睑，几乎闭上了双目，意图叫那固执的关注知难而退。他一定是发觉了。不不，别慌，帕斯夸尔，他要是检查过裤兜的话，不会一句话也不说。他感觉钞票在脚下沙沙作响，于是加大了腿上的力道；这是他的，谁都别想夺走。而那老头就像与他相识似的，那双专注的眼睛还在回忆着、比较着，只为了最后的判断：是，或者不是。

他听到一个熟悉的声音，久远得险些要忘却了：是塑料袋在嘎吱作响——小孩吃起了糖果。攻心的急火令他愤而转头。他也曾享有过的，在每天放学的时候，只需把名字告诉老师，而后打开那个小筒。他总是踮着脚尖，恭敬地伸出手去，只挑蓝色的，凤梨味道。检票员正从走廊那头逼近。票哪儿去了，杀千刀的，啊，在这儿；可以坐到贝尔纳尔。怎么不检查他们呢？看看那老头的票嘛。让他分心一秒钟也好啊，一个闪念就足够我把钱捡起来了。可是没有。检票员走了，跟跟跄跄地，在两排座位间勉强保持着平衡。

贝尔纳尔，他的站。火车停了，午后的热流如脱开的绳结从窗缝涌入。他的脚麻了，艰难地抓着地，为了不露出纸币的任何一角。他近乎绝望地等待着老头起身。他看不到但感觉得到那条似有黏性的停滞的视线，似乎它从创世之初就一直在那儿。或许该跟老头说说话？但他惧怕着，莫名地惧怕着，就像在候车室里正对着个蒙古人坐着。

车厢里大抵没人了。他也不下了。就跟你跟到奇尔梅斯又怎样，老不死的，跟到地狱都行，看你下不下车。他只觉一阵蚁走感从脚底升了上来；腿抽筋了。那小学生也没下。士兵也在，还在打盹。他第一次好好打量他。那张光滑的脸似乎有些熟悉。哪个兵戴上贝雷帽都长得差不多。兵役……奥尔蒂斯班长，一，一，一二一。FAL[①]：F是步枪，A是自动，犹太人都是共产党。他学会了，要一直保持在中间，隐藏在众人之中：不能太笨，会被当傻瓜嘲笑；不能太出挑，因为班长最出挑；不能太努力，会叫你待满十四个月；不能太懒，太懒钱就没了。

车慢了下来，终点到了。阳光直射在脸上，像发烧的手。他用头支着靠背，发现汗湿的衬衫粘在了背上。一阵古怪的虚弱，是因

[①] 比利时研制生产的自动步枪，是法语"轻型自动步枪"的首字母缩写。阿根廷在1955年选择以FAL步枪代替原装备的毛瑟M1909步枪。

为热吧,绵软地塞住了他的口。他已经感觉不到那条腿了,是痉挛又算不上痉挛;此刻响起了尖锐的刹车声,同时有合谋般的视线,八目交错。他们知道,他们从一开始就知道:那小孩,已经不吃糖果了,这会儿正无礼地注视着那条颤抖的腿,脸拉得很长,像一根食指,那个表情他早就见过:老师,老师,帕斯夸尔的票不对;那士兵正用中性但坚定的目光直视着他,他只执行指令;而那老头,尤其是那老头。可是不对啊,这太荒唐,一定是给热晕了。这是终点站,只要等到他们下车,快下啊!只要等他们一走,怎么还不走!只要再坚持一小会儿,他就可以捡起那张钞票,回贝尔纳尔去做个无害的退休职工。但他们一动不动。其余的座位都空了:只剩下他们四个。他听到车门关闭的响声。一种阴森的确定性困住了他的身体:这列火车再也不会回头。旅途才刚刚开始,前面有另一个站,另一个站,另一个站,他们永不会下车。

他用最后的力气踏紧了那张纸钞。火车发动了。

被害者

她应该在等我吧,罗贝托心想,一边看着人们把大包小包放到行李架上。物体在白日里审慎的光的照映下显得更加安详。苏珊娜应该在等他;她会高兴的,当她知道他甚至为此放弃了考试。一切都会修复如初。

他从口袋里掏出了她寄来的那封信:我第一次那么确定,我们继续不下去了。他下不了决心将它再读一遍;他感到了尤其是对自己的恐惧。我们继续不下去了。扎眼得可怕的是她的语病。抑或是那言说着"永不"的结尾。但苏珊娜是他生命中仅有的完好无损的那个。他想到了临行前给她拍去的电报,也许还应加上这句:她是他此生唯一爱过的人,尽管这是他无法忍受落诸笔头的句子之一。他会说给她听。一到那儿他就说给她听。

他把信放了回去,在背包中翻找起他为这次旅行所购买的书。

有人告诉过他，帕特里夏·海史密斯①绝不是个简单的侦探小说家，而《被害者》是她最好的作品。他漫不经心地浏览着封底，飞入脑中的是他与苏珊娜因书而起的一次争吵。我就不明白了，她说，你还真就能一个小时接一个小时地这么看下去。那过日子呢，你准备什么时候开始好好过日子？

他一直有种隐隐的不耐烦。他也试着给她解释书本对他意味着什么，讲到少年时读过的罗宾汉、青春期发现的各种读物。他甚至冒险谈及他之前从未跟其他人提过的事情：许多次，他会向小说中的主人公求助；有时候，甚至还会听取他们的建议。

说这番话时，苏珊娜一直看着他，眼神中交杂着怀疑和轻微的畏惧。可这都是假的啊，她说。他开始感觉到一股愤怒，他了解的，它很快就会变成某种更可怕的东西。我不知道在你心里"真的"定义是什么，他是这么回答的，无聊至极；要驳斥她太容易了。反正不管怎么样，她倒是颇带着些优越感地告诉他，我更希望靠自己活，而不是靠书。大言不惭：打不倒的老生常谈，现成的陈词滥调，垃圾智慧。靠自己活。她根本什么都不懂。他觉得身体里有什么东西忙碌了起来，翻弄着大脑，寻找着那组能一举将它歼灭的词句。

靠自己活。自由意志。奥斯卡·王尔德，那句话是这样讲的：

---

① 帕特里夏·海史密斯（1921—1995），美国犯罪小说家，以心理惊悚类作品闻名。

"我们去探访磁铁吧,铁屑说。"但最终他还是没去反驳她,轻蔑是难收的覆水。

而其实那天,他也没把关于书籍的全部真相和盘托出。他仍有保留。特别是,他相信,文学的世界才是独独适合他的,在那里,幸福很快被忘记,好运只在朝夕,喜悦下一秒便存疑;在那里,残忍正当且必须。这泉水有怪物来饮。

大巴按时启程。他身边的座位空着,四肢可以随意伸展。刚离开城市他便打开了书本;风景在他眼中如同任何熟悉的事物一样了无生趣;自从苏珊娜的母亲得病以来,那已经是快一年前的事了,他每个月都要在这条路上来回两次。

他很快喜欢上了那个倒霉的皮特。皮特躺在医院的急救室里:他被人抢劫,尽管他全未反抗,劫匪还是用折刀拉破了他的脸。给他上药时,护士试着安慰他:只会留下一道很小的疤;有疤的男人才有魅力呢。

那护士就是会被力普——跟皮特一个办公室的同事——称作"极品货"的那种女孩。皮特跟力普抗议过好几次,罗贝托也开始有点讨厌他了:每天,或早或晚,力普一定会谈到女人,这么做只是为了叫皮特不爽,为了拿他开心,因为皮特是办公室里最后的单身汉,连花边新闻都从未有过。可他们的猜测不是事实,皮特绝非对女人不感兴趣。会发生今天的情况只是因为他喜欢的对象遥不可及，她们是一万美元的女人，身着金丝长裙，憔悴地从剧院的石阶逐级而下，在登上出租车前都不一定能瞧他一眼；她们的视线永远不可能停留在他——一个月入三百的卑微职工身上。

罗贝托对皮特心生敬佩。没法拥有心仪的女人？好啊，那就谁也不要。

皮特去报案；到了警局，他绝望了：与他一样的案子有成千上万，似乎每一秒都会出现新的袭击者。去买把左轮吧，他们建议道，我们活多得干不过来了。第二天，没事照着镜子的皮特冷不丁记起了这句话。从某种意义上说，他已经习惯了那张枯燥乏味、有些孩子气、随便哪个一万美元的女人都不会多瞅一眼的脸；此刻的他却几乎认不出自己：刀伤让他变得面目可憎。不过是漫画式的：有点招笑，还带着些讽刺的意味。他想象自己回到办公室时力普会做何动作。给人起绰号是后者的一大乐趣。他感觉到一团无法控制的心火，盛极的暴怒，没有理由的；当天下午他就去买了把六发的点三八短左轮。

当天下午他就去买了一把六发的点三八短左轮。第一章就此结束。罗贝托自觉进入了无人之境，最无辜的句子在这里也可能意义非凡：词语收获了新的谐振，新的分量。现在半路杀出了一把转轮枪，一切就都处于威胁之下了；这不就是契诃夫所说的，文学与现实之间的差别吗？如果有把枪的话，在第二百页之前它一定会响。人物变得锐利起来：他们的所做所言不再稀松寻常。真正的故事始现端倪，一切都带上了戏剧的脉动。嵌套的真实即是文学。他从书本中抬起眼，谛听着周围的说话声。譬如后座的那位女士，她在漫无边际地闲扯，介绍着她的避暑山庄。她可以一直这么说下去，一个小时接着一个小时，细数浴室里的每块瓷砖、瓷砖上的每个图案，然而并没有任何作用。她或可选择当即闭嘴，但也丝毫没有什么分别。窗外的风景同样无可弃取：电线杆以恼人的精确重复出现，他可以从现在开始数，一直数到十万，也不会有谁前来打扰。如果当中缺了哪根，忽地出现了某个空隙，也绝不意味着什么；马上会有人给出解释，很显然，是因为闪电，抑或飓风所致。世间所有，皆为无意识，皆为无用，皆为盲目。它们是这样发生的，但也能够以其他任何一种样式发生。他可以把奶牛去掉，把电线杆去掉，把一块块瓷砖都去掉，把后座的女士去掉，然后他可以把他自己去掉。没有什么是必需的。这就是大杀四方的苏珊娜的真实：压倒性的优越感，却筑于虚空之上。

因为慢性哮喘，皮特没有被征召去越南，所以他最后一次手持武器可能还要追溯到九岁的时候，那是把玩具枪。但奇怪的是，他对这把左轮熟稔得很；作为背包中的新负担，它不仅没有烦扰到他，反而成了他愉快而舒坦的陪伴。很快皮特就察觉到了某种令他不安的迹象：就像电视剧里的侦探一样，那把手枪成了他行头的一部分，没了它他已经出不了门了。

而另一个发现则更让他惊喜。事情发生在他回院拆线的时候。那天酷热难忍，皮特发觉小护士在制服下什么都没有穿，当她朝这边弯下身来，他窥见了那对鼓胀的乳房、暗棕色的乳晕，刹那间，也不知怎么的，他的手，他的那只手，不由自主地解起了她的纽扣。她轻轻拨开他的胳膊，宽容地微笑着，似乎没有生气，而离开医院时，皮特已记下了她的电话号码。

罗贝托笑了，他花了整整三个月才脱下苏珊娜的衣服。三个月的苦苦哀求、摇尾乞怜、最后通牒、突袭未遂。爱情里的讨价还价从不会出现在小说中。

还有第三件事，这次是在办公室里，当时力普正拿他的伤疤开着玩笑。大家乐成一片，皮特摸出了那把左轮，顿时现场鸦雀无声；只见所有人的脸上都写着惊恐，尤其是力普。即便给他们看了，膛里没有子弹，而且皮特再三重复，说自己还不会使枪，可他们仍像在忌惮着什么，依旧以疑惧的目光望着那把在套筒的荧光与枪管的烧蓝[1]映衬下昏黑晦暗的手枪，尽管它没有对准任何人。

---

[1] 将胎体填满色釉后送至高炉中烘烧着色的技术。

罗贝托莫名兴奋起来。就是这个词，绝对是它：烧蓝。他并不知道它的确切意思，当然，他也从未想过要去查字典；字典只会令他扫兴。只要涉及武器的小说里就一定会出现它，无论是以何种方式，久而久之，"烧蓝"在他心中带上了危险的意味，经过烧蓝处理的枪械杀人不眨眼。而在字典里，这也许是个安全得多的词，或者更糟的，它的意思可能与此完全无关。

指示牌从路边闪过，还剩九十公里。罗贝托费了老大的劲才想起昨日的焦躁、启程的决意，以及那封电报。这会儿它们都显得遥远极了，就好像在某时某刻，旅行的意义已被悄然剪断。他都记不得到时要跟苏珊娜说哪句话了；不管哪句，如今听来一定可笑得很。他试图想象苏珊娜在站台等候他的样子，但她的脸一次又一次地化开了，取而代之的是小护士那对鼓胀的乳房，深棕色的易惊的乳头。苏珊娜的乳头很小，淡粉色的。当罗贝托终于见到她光着身子，他欢喜着，同时感到了一丝无味。她的胸不大，毫无疑问，却也不像他担心的那样小。这种失望很难解释，但每次有未知的被知晓，或是不可达到的被达到，他总会有这样的感觉。理想以及理想中的女人，哎，总会有被追上的那天。是的，这大概就是原因所在。苏珊娜就在那里，终究脱得一丝不挂，好一尊美丽的胴体，但除此以外别无他物。她的乳房就是这样，不可能再是另外的形状。她的裸体如此决然，真实简洁得如字典一般。这才是真正令罗贝托沮丧的。

他再次回到书本，这时的皮特身处射击训练场：他决定学学如何使用那把转轮手枪。教练正在教他瞄准。少年时代在任何体育项目上都充当着吊车尾的皮特此刻有种怪异的感觉：这个不难。他紧盯着三十米外的半身像，自信地举起胳膊，射完六颗子弹。当他走向那面被打烂了的靶子，当教练用惊悚的眼神望着他——六发全中，当他想起同事们恐惧的表情，他明白了——以可怖的现实闯入生活时的猝不及防的清晰——他，皮特·亚瑟·琼斯，其实是个杀手。就像有人为音乐而生，有人为买卖而生，他，是专为杀人而生的。

罗贝托心头一颤。他懂他！他太懂了！好几次他自己也是这么想的。

时光流转，这启示令他惶恐；这不知从何而来的深深的确信首先制造了屈服，而后成了任务。桌上的左轮，仅凭它在那儿就构成了一项使命，纵使皮特再塞起耳朵也不得不听。若你是个杀手，你就必须屠戮。

罗贝托发觉自己已经无法从这有害的逻辑中抽身出来了。书本在污染。周围的旅客在打盹，巴士的行进和着他们呼吸的节奏。他望向窗外，太阳不再；天边只余入夜之前不设防的最后一缕澄光。

第三章开始了。皮特在列举着他最恨的人的名单。排在第一位的是力普，理所当然；紧接着是他的领导、女邻居——她有失眠症，致力于在后半夜搬弄家具。纠结片刻之后，他写上了以前一位老师的名字；他不确定自己还恨不恨她，不过怎么说呢，他唯一重修的一年就是拜她所赐。他把以上名字一个个又念了一遍，然后把纸撕了。没用。寻仇不像是杀手所为。要杀就不该有减轻情节。可是，杀谁好呢？第一个路过的？不不，这样也不行，太武断了：不能让随机蚀损了他杀人的行为。那到底杀谁呢？皮特自问着，日复一日地瞅着那把催促着他的手枪，直到一天晚上，他擦拭着弹膛，再次将子弹推了进去，答案不请自来。如果有人生来就是音乐家，生来就是生意人，而他生来就是杀手，那么，一定有一批人，他们生来就是被害者。一阵秘而不宣的喜悦涌了上来。这就是了：有他这样的杀手，就必有被害者的存在。

罗贝托发觉终点快到了。这章读不完了。他看了看表：七点一刻；同学们应该在交卷。其余乘客陆续把包拿到了座位上，几位女士打开镜子开始补妆。公车缓缓进站，吐出一声食欲不振的喘。

苏珊娜。罗贝托一下就瞧见了她。她身着红色的长裙，他最喜欢的那条；所以，她的的确确是在等他。他望见了她心焦的微笑，在最先下车的旅客中着急寻找着他的双眼。干吗要表现得那么慌张、无助、幸福。或者光穿上那条红裙子就好了啊，还做出那么虔诚的样子。可怪物已经喝饱了，再也没法补救。他合上书，在那一页上小心做好标记，绅士地给走廊上的一位夫人让了道。他不着急下。

一个养鱼者的肖像

是这样的,对:是我送他的第一条鱼,在"挪亚方舟"买的,那会儿城里就这一家宠物店。我本来想送他条大点的,一个鱼缸就能放一条的那种,彩色尾巴的热带鱼,可我老公没给我多少钱,此外我还得买鱼缸。

于是我最后买了条小的。店主告诉我这叫孔雀鱼,但我感觉它跟河里的小金枪也没太大差别,是啤酒瓶的那种绿色,最常见的那种,所以我还买了一大袋彩色石头回去,好让鱼缸显得不那么寒碜。我把袋子放他床边了,照片是我老公拍的。他十一岁了,可看着还像个小小孩;他总显得比真实年龄要小,站在同年级的小朋友边上就像营养不良似的。他每天都是这样,坐在鱼缸前面,看着他的小金鱼。他老想给它吃东西,不过店主跟我说了不行,水会变浑的;后来我们买了本养鱼手册,我才发现这真是门学问:水温是严格限定的,还有氯的问题,给食也要均衡。反正事情是越来越多。但我挺乐意帮他:我经常陪他去图书馆,找关于鱼类的书。他十二岁生日那天我又送了他条进口的灯笼鱼，他都跟我求了整整一年了。其实那会儿他已经有不少条鱼了，都是孔雀鱼，还多了两个鱼缸——他自己组装的，用的是落地窗的玻璃，那扇窗正巧被阿尔图罗砸坏了。他没法像其他男孩子一样踢球，因为哮喘。他整晚整晚地睡不着，咳啊咳，肺都像要给他咳炸了。到现在我还对他那咳嗽记忆犹新；他人很瘦，看着特别弱，可咳起来又那么烈，一点都不像是他的。我试着给他加过枕头，好让他把头垫起来，但他只要一躺下就开始咳，停都停不下来。所以他只好又爬起来，戴着呼吸机坐到鱼缸那儿去，一晚上就看他的鱼。我上床之前总要再给他喝次糖浆，然后就随他去了；就见他一动不动地坐在那儿，喘得挺费劲。

　　他咳得最重的一次还是在当兵的时候：他不肯去做礼拜，他们就让他睡在野地里。后来他们不得不送他去了军队医院，让他在里头住了一个月。这段时间都是我帮他照看的金鱼。我还挺乐意的。可我儿媳妇老因为鱼的事跟他打仗。她别的方面都没得说，向来挺顾着他，不管是顺境还是逆境；说是逆境，因为他对政治还挺操心。但是一谈到养鱼他们就不行。不过事到如今也就不说了，嗯。把它们拿回家去啊，我老催着他，可他总觉得，习惯这个得需要时间。可不得要时间么：都四十多年了。他一直想要一条蓝尾巴的孔雀鱼，打小就想要，可好像从来就没有这个品种。有一次，我跟我老公一起去布宜诺斯艾利斯，我们还特地到水族馆看了，只有几条宝石鱼是这个样子。但他就是对此念念不忘。后来中学里不是教到基因突变了么，我从来没见他那么兴奋过，从老师那儿借了一堆极其艰深的书开始埋头苦读。从这时起我这个笨脑子就跟不上了。就这样他还很耐心地跟我解释，拿那些载玻片来，老叫我去他显微镜底下看。他真的很棒，从那会儿就看得出来，他将来一定是个好男人。我其他几个孩子也都不错，是不是，都挑不出毛病，阿尔图罗每次度假都要带上我，小格拉谢拉每天一下班就来陪我。但他还不一样。人都容易变，特别善变，可他就不。他不会变的，这点我从很早以前就发现了。

如果有人从街上过来，打开门，最先感觉到的绝对是那股气味。它就像是从所有鱼缸里一齐飘出来的，从缸底升起，又被鱼搅了搅。堵住鼻孔也没用，它会从嘴巴里糊进去，就像一勺又厚又稠的浓汤，然后那人会想到，衣服上肯定也有了，头发也必然粘上了那种味道。慢慢地，那人习惯了，不再憋气，逐渐把防备卸下：我一直很惊讶，那人最后不仅呼吸正常了，还走进了饭厅，在那浸润着一切的气味中用起餐来。

小时候我对此还毫无觉察，也许对孩子来说，气味就像大小，全非同一个概念。我们还玩过这个：他会嚯地从椅子上站起来，摩拳擦掌地宣布说，他要去准备鱼食了。不！巫婆汤！我姐尖叫着，而他则大义灭亲地迈向厨房。他会把冰柜门一把拉开，然后在我们的大笑声中捞出那块还在滴血的猪肝、蛋打成的糊糊，以及那几个他珍藏在冷柜里的神秘小瓶。求求您快停手吧！他把锅子放到火上时我们会一道跪着喊，而当蒸汽徐徐地冒了出来，我们会捏着鼻子跑到老远的地方，只见他闻着自己的杰作一脸陶醉：好一锅臭汤[①]。

不过再想想，即便是那会儿，我会跟着我姐一起跑啊叫啊的也只是因为不想被落下：我一点味儿也没闻到。我对事实有清醒的认识还要到上小学一年级的时候，那天我同桌来我家写作业。他一进门我就觉得情况不对，因为他两眼死盯着走廊里的鱼缸，表情怪异，像是不太舒服。当我们走进饭厅，在桌边坐下时，他跟我说——还没打开本子呢：哎，你家真臭。

乖学生，确切地说是不爱讲话。当初还是我让他学的生物呢。后来听说他到工科学校去教书了，不过军人一上台他大概也得被踢出来，因为那阵子他就有点左了，喜欢参加那种社团，跟中央保持步调一致，但怎么说呢，人大了可能就不一样了吧。我是在讲到达尔文的时候知道他养鱼的，我正拿长颈鹿打比方说明气候在天择中的作用——我经常举这两个例子，因为学生最容易懂。我刚要在黑

---

① 原文为意大利俚语。

板上画个图示，就看他站了起来；他个子挺矮，坐在第二还是第三排，立正的时候有些紧张，像是憋不住了似的问道：那么老师，这样是不是就能得到蓝尾巴的孔雀鱼了？开始我以为他是在搞笑，这个点确实能引申出一些笑话。坦率地说，我对鱼也不熟，我是研究鞘翅目动物的。我叫他把问题重复一遍，没想到他坐下了，说要再好好想想。我猜他是不愿让人知道他在养鱼。

下课铃响后我把他单独叫了过来，他是这会儿告诉我的，说实话我也没太当真，但我还是帮了忙：我给他推荐了几本书，还教了他光谱的分布——合成蓝色要从哪几种颜色入手，但心里并没抱太大期望：这个年纪的小伙子一天一个变化，荷尔蒙都是不安分的，看见盘好屁股就把什么都忘了。

多年来，我对夜晚的鱼缸一直心怀恐惧。躺在床上，万籁俱寂，我就会听到那个传染了整个家的嗡嗡声，像是召唤，又似从另一个世界响起的窃窃私语。是加热棒，是加热棒，我一遍遍告诉自己，但声音越来越大，然后我就迟疑了，连上厕所也跑着去，不敢往鱼缸那儿瞥上一眼。一天晚上，正好他也醒着，为了说服我，他把加热器一个个全关了。

随后他带我去了实验室，偷偷摸摸地：我妈不让我们进去，说是有太多电线了。他站在一个超大的鱼缸前，里头只有一条特别小的鱼。他用放大镜贴着玻璃。那条鱼才刚出生。

是蓝色的吗？我心想，是蓝色的吗？还是说，只是天青色呢？

待在这儿别动啊，门铃响起的时候，他们跟我们说。后来我们就被叫去书房，去跟那个人打招呼。那男的亲了下我姐，又朝我伸出了右手。知道他是谁吗，我妈问道。知道啊，我姐说，标语上那男的。所有人都笑了。

"行吧，不过现在我自由了。"男人说。我重又打量着他；我在寻找着——我觉得——某种铁栏的痕迹，或是某个烙印，但我面前只有一个高大的男子，身着灰色大衣，笑容可掬。临走前他说想看看鱼。我们跟在后边。他谈起了变异。归根结底，他说，就是物种的断点，特征的畸变。然后他俩提到了"辩证法"，这还是我第一次听到这个词。随后，当男人收拾夹子时，他问我们，有没有听大人讲起过革命。嗯，给我讲过了，我姐答道。男人笑了。

是，我承认我不喜欢鱼，可是人看问题往往只看一面，我也是。认识他的时候，我想，养鱼的男人应该比较温柔，而且弄个鱼缸放几条鱼也没什么不好，我合计着，漂亮的鱼缸还能装饰客厅呢；谁知他养起鱼来可没那么文雅。打个比方，我从来不敢请我的姐妹们来喝茶，家里一股味儿呢；或者告诉你，他把鱼缸搬这搬那的时候水淌得满地都是，为此我都跟他讲过多少遍了，即便是水，也一样会弄脏地板的；更不用说他煮鱼食的那会儿。我最不能忍受的就是，它们连饭厅都占了，尤其他还从来不打扫。我就跟打持久战一样，一年又一年，只为了哪天他能自己把弄脏的地方搞干净；最后，他终于知道打扫了，是，确实打扫了，就跟没打扫一样，我还是得跟在他屁股后面把他洗过的锅碗瓢盆重新刷一遍。

而且每次都得我让着他。他用家里地址注册了个调研机构，这样可以免费收到外来的出版物；所以我们其实是住在鱼类研究档案中心里。更糟的是，它真的在运营。邮递员每天都会过来，手里拿着一摞信件，德国来的、美国来的、日本来的，我老公可真叫"与国际接轨"。信、信、一堆堆的信，都是像他这样的狂热者寄来的，还有杂志、传单、小册子，总之就是纸，各种纸。既然是纸，就应该好好放起来。我试着教他。椅子是用来坐的。至少考虑考虑你的哮喘吧，那么多的纸，要积多少灰啊。因为叫他扔的话，到头来肯定什么都扔不掉。在建实验室这点上也是我做出的让步，因为本来收拾房间的时候我还挺高兴能把缝纫机放在这儿，我终于能有间小工作室了。

反正没什么意思，每件事情单独拎出来都显得特别琐碎。而且他养了四十年的鱼了，我说什么都不值一提。

我第二次进实验室是家里被安了炸弹那会儿。

就在之前的几天,我们家门口被用黑色的油漆刷上了三个A字。那天吃完午饭,我妈帮他把所有的鱼缸都搬到了实验室里,接着他们又把我们的床推到后边,叫我去睡饭厅。那晚我不是被爆炸声吵醒的,是被我姐嚷醒的。我下了床,慢慢推开书房的门,只见我姐在地上打滚,先是撞到了桌腿,又弹到柜门上。杀人啦,她号叫着,我的手在哪儿呢,我的腿在哪儿呢?落地窗碎了,吊灯砸了下来,满地都是碎玻璃。我妈想按住她,但她好像什么都看不见。他站在那儿,身上穿着睡衣,傻愣着;我发现他也很害怕。我妈冲他喊了几种药的名字,他像梦游一样挪到急救箱那儿,拿了小瓶过来,然后我妈叫他把我送回床上去。这时我感觉他抓住了我的手,领我朝院子走去。我们去了实验室。门缝下有一摊水;他开了灯,我们看到鱼缸坏了,鱼全在地上,到处都是水,鱼几乎都不动了。他在碎玻璃间跪了下去,开始一条条地把它们捞起来,放进接了水的瓶子里;那些鱼还真奇迹般地又活了。我想帮他,也俯身去抓,可我好不容易逮着一条,它死命挣扎起来,脱开了我的手,落在地漏上被漩涡吞了,当场我就号啕大哭。我记得他抱了我一下——他平时都不碰我们的——还跟我说,不要紧的,小鱼游到海里去了。一听这话,我哭得更凶了,因为我知道,这是假的,是他自己告诉我们的,淡水鱼一到海里就死了;况且它们到不了海里,他说过,水管里的洗洁剂会先一步把它们给杀了。

我姐住院的那段日子里，他可以连续几个小时地窝在书房的那张扶手椅上。叫他去把鱼缸给修了，有天我妈吩咐我。于是我们就到院子里去切割玻璃。他时不时给我指指工具箱：我要……话也不说完，我只得挨个拿给他看：刮铲、胶水，而他只是不停摇头。那玩意儿，他说，像是找不到合适的词；我只好继续指着一件件工具，直到他点头为止。饭桌上也是一样，坐在桌子顶头的他含含糊糊地一指：那玩意儿，我和我妈就得举起面包、红酒、盐，直至满足他的要求，而后我们继续用餐，一席无话。

接下来的那几年——我念着中学——在我的记忆中都差不多：我打开门，鱼缸滞重的味道总在那儿，我知道我妈一定在厨房，我姐把自己关在房间里，或睡或哭；若我探身院中，一定能看见他的脑袋在实验室的磨砂玻璃上的投影。午后时分，我会找本书来，跟他一起在书房里待上一会儿。他跟之前一样坐在扶手椅上，倚着那摞期刊，而当日光从窗口洒了进来，他睡着了，杂志就那样摊在胸口。那段日子里，他晚上已经无法入睡；哮喘越来越严重，有时白天他都会瘫倒在椅子上，脸色发青，竭力挽留住每一口气，直待我妈过来给他打上一针可的松[1]。

然后我俩就会合力把他抬起来，放到鱼缸跟前；他坐在那儿，

---

[1] 肾上腺皮质激素类药，曾广泛用于哮喘治疗。

一动不动，气息一点点地平复下来。

我送你吧，有次我叔叔跟我说。他有辆红色两门的大顺风，整个城里都没有第二部。他用按钮把玻璃升了起来，车子驶上公路，彪悍又静默。我想象不到它开进我家附近的那些小街时要如何拐弯。

"话说，"他问我，"你老爸的哮喘怎样了？"他漫不经心地掌控着方向盘，车子像在自己走。"你看啊，"他说，"那会儿医生上门的时候总跟我们讲：这病啊，到十八岁就自愈了。可你瞧瞧，到现在也没好。知道为什么吗？"我回答说不知道。"因为他一直也没满十八岁。"

车安静地行驶着，直到抵达我家所在的街角。

"你实话告诉我，"他单手操控着方向盘，把车停在路边，"他还在养那破鱼吗？"

我去布宜诺斯艾利斯求学的那几个月里，他从未给我写过一封信。"你也知道他的，"我妈写道，"可我清楚，他很想你：再也没有谁可以跟他聊书聊政治了。我估计他想放个鱼缸在你房里，但我不会允许的：我希望你回来的时候，一切都跟原来一模一样。"

"他的肺越来越不行了，"她在后来的信里谈道，"可还有更让我担心的事：他成天在那儿看着他的鱼。"我记得我在回信里说，打从我有记忆开始这就是他的本职工作了。"这我知道，我不比你知道吗，傻孩子，"她答道，"但现在他的眼神不一样了。总之我很担心你爸，不过当然了，我们谁也不会知道他究竟发生了什么。"

我是寒假回去的，结束了第一次期末考试。到家正值午睡的钟点，为了给他们一个惊喜，我用自己的钥匙开了门。就好像进错了屋一样：味儿没了，什么味儿都没有。我在走廊里看到两排鱼缸：都是空的。我走进厨房，给我妈一个拥抱；她在刷盘子。其他的鱼缸都在那儿：空的，全是空的。这是怎么了，怎么回事？她说着话的时候我就问起来。"不知道啊，"她答道，"管他呢，都倒池子里了吧。"快去把他叫起来，她说。

他在书房里，在扶手椅上睡着了，面对着阳光，呼吸断断续续。我碰了碰他，他睁开眼睛，眼皮因为打了可的松还有点肿。他问我考得怎么样了，去没去过剧院，首都的政局还好吗；他就问我了这些，他把他的鱼都杀了。他咳了起来，他激动的时候总会咳。我把呼吸机递给他。那你呢，老爷子，你怎么样？好，挺好，他说，就是这风箱有点烦，其他都还是老样子；他就跟我说了这些，他把他所有的鱼都杀了。

令人反感的幸福

我读福楼拜。幸福有三大要素：愚蠢、自私、身体健康。完全同意。但即便如此，每当有人以不言自明的口气说"完美的幸福是不存在的"时，我总会不由自主地想起M家那庄严的、持久的、不可扰乱的、着实令人反感的幸福。

小心隐去他们的姓氏，我知道，有点荒唐——无谓的小羞怯。化名的建议来自我爸，为的是削弱我宁肯自杀也要寻求真实的使命感——自打我那本小说面世，我家和睦的年终聚会就永远成了过往。在我家乡，所有人都知道我写的是谁，而在这座城市之外，谁也不认得他们，因为那个薄弱的快乐王朝要求的是私密和封闭的环境。实际上，他们的疆域只需圈定在举办大奖赛的那个网球俱乐部就够了，因为M家——是的，你们一眼就能发现——是个网球世家。我十岁就听说过他们，那时我还在那个总共只有两块场地的街道俱乐部里体验着人生中最初的挥拍——对着墙壁。而我见到他们是在两年之后；我的球技精进得够快，以至于我爸妈在一番秘而不宣的长考过后，决定下血本把我送到他们的俱乐部去。我身背着唯一的球拍，脚踩着磨毛了的运动鞋，穿过大门口宏伟的拱廊，绕过球场前英式风格的会所。在午后的静寂里，我听见交错的击球声，愈来愈震撼，愈来愈强劲。等我终于走到石板路的尽头，在铁丝网的后边，他们就在那里——清晰、尊贵、真实。那一刻，我明白了什么是我爸口中的"柏拉图式的体格"：他们就是最好的范例。在那块离其他球场稍远些的硬地上，老M正与他的大儿子弗雷迪交战；后来我才知道，周一至周五，那是专属于M家的场地。他们无论从哪个环节来看都至臻完美：老M的正手像年迈国王的大剑恣意沙场，虽不比当年，却依旧凶狠果决；反手则在狡猾地窥伺着，永远是切削，像是故意示弱引人抽向那里——朝这儿攻得越猛，回球就越是贴地，诱骗性地压得极低。他们一老一少都又高又壮，就像一个模子里刻出来的，老的已有了白发，混着奇怪的发色——介乎红黄之间，类似焦糖一般。他们有点像外国人；报比分的时候，老头用的是过于学院派的西班牙语，发音还有曲折高低。从换边时两人肩挨着肩的情况看，儿子可能还要高些。他的抽球相当暴力，一波波猛攻像狂风骤雨，整个人就是一股迅疾可怕地席卷一切的力量；永无休止的跑动，突然的上网，如杂技般恐怖的截击恰好切断了他父亲极具杀伤力的穿越。每次回去发球时，他把额上的刘海猛地朝后一甩，深深吸气，脚蹬白线的样子活像个蓄势待发的百米冠军。只看了几分钟我便明了——怀着无可挽救的现实所带来的挫败感——我永远也打不到他们那么好。

打完这个训练盘，弗雷迪去了更衣室，老 M 把小儿子阿莱克斯叫到了场上。我见后者从我身边经过，头发跟他爸是同样的颜色，肩上挂了个长长的球包，四根拍柄杵在外头。他应该也就比我大一岁，但由于到了青春期，弗雷迪的颀长体型已在他身上初见端倪。若老 M 是智慧——抑或狡黠，而他兄长是力量，那阿莱克斯就是酝酿中的优雅。我从未见过有谁打球如此优美，在场上移动时有如此冷静的预判，就像在为网球课本摆着造型。

看着他们的并非只有我一人。正对球场的长椅上坐着个安静的妇人，一边织着件白色的套衫，时不时抬起眼，以带笑而充满母性的目光关注着某个球的来回；在靠后的一块场地上，四个不到十二岁的女孩——长得都特别像——正笑意盎然地练着双打。当老 M 战罢，长椅上的女人站起身来，老头搂着她，而她向他展示着毛衣的进展。他们快乐地朝后喊了一声，女儿们纷纷把球拍装进罩子里，听话地聚了过来。老 M 与阿莱克斯上了房车，女儿们则与母亲一起钻进了轿车；车子很大，熠熠发光，是我从未见过的进口牌子。弗雷迪也从更衣室里走了出来，头发还是湿的，统统梳向后边；他骑上一辆摩托车，不一会儿就把小部队甩在身后，一骑绝尘的样子，像一匹高大且咆哮着的野马。

那天晚上吃饭时,我又了解到一些关于他们的事情。我跟我爸说,我见到他们打球了,问他认不认识他们;我爸当即点头。

"怎么不认识呢:几年前他们买了块地,就在我们家旁边。"

我难以置信地瞅着他。我家住得离城市很远,这儿从不下雨,我们得靠拆东墙补西墙才能勉强过活;于打字机之外,我爸自认是个悲哀的农民,每天都到院子里,丧气地望着天空;他读黑格尔,读马克思,同样绝望地为共产党草拟着农改规划。但这怎么可能呢,我问道,确定是 M 家吗,他们有那么多球拍、那么好的摩托车和轿车。

"还有套豪宅呢,就在帕利维区。"我妈补充着。

"学校里没教过你草原的划分吗?"我爸问道,"我们两块地之间的铁丝网恰好就立在潘帕斯草原的干湿分界线上。"

我不知我爸是不是认真的,一如往常;但这次,他允许我离席,把《布宜诺斯艾利斯学生常识》拿了过来。

"就在这儿,"我爸说,几乎是自豪于他的背运,"这是他们的地:奥卡山脉,潘帕斯湿区的尾巴;这是我们的地:阿尔加罗沃,潘帕斯干区的开头。"

"干枯,便秘。"姥姥面无表情地类比着,泰然地挠她生着牛皮癣的手肘。

"是的,夫人:七十公顷的土地,一朵花都没有。您还老觉得您这女婿有朝一日会发大财呢。"

姥姥咯咯笑着，松垮的脸连同颈上的褶皱一并抖了起来。

"你爸老这样。我只希望你们能够幸福。"

"幸福！你这要求可够低的呀！"我爸感叹着，姥姥又笑了，眼睛眯成两道长长的水沟，像是被人咯吱着下巴。

"可能这世上并不存在完美的幸福，但有时候，不把汤打翻会对此大有帮助。"我妈边说边把她的餐巾垫到我盘子下面。

"为什么不存在？"我抗议道，"我觉得存在啊：M家看着就特别幸福。"

"幸福就像彩虹，从不会在自家楼顶看见，只会在人家屋顶出现。"

"夫人！"我爸难掩心中崇拜，"我都不知道，原来您还是个诗人。"

"是以前犹太人说的。"姥姥挺谦虚的。

"完美的幸福是不存在的，"我妈坚持己见，"M家也有他们自己的事儿。谁家都有本难念的经。"

"我感觉，完全幸福的家庭应该是有的，虽然不是咱们家，"我姐无奈地接受了，"但肯定有，就是不知道在什么地方。"

"对，就像外星人一样，"我爸说，"离我们太远，以至于我们看不到罢了。"

我哥颤抖起来；我看见他叉子尖端的颤动，悬在半空，像是下一秒就要放声大哭。这是他出院以来第一次尝试与我们一起用餐。我爸使了个眼色，让妈给他把药吃了；我哥起身去了自己的房间，拖鞋磨过地板，像个涣散的魂魄。我再次回到那个话题，只为打破沉默。

"说真的，爸，你从心底里觉得没有谁是完全幸福的？"

他似乎迟疑了一下，然后努力恢复他一贯的讽刺的口气。他一手指着我。

"要是你想幸福，像你所说的那样，那就别分析，孩子，别老去分析。"

自那天起，我决定对 M 家的幸福展开跟踪调查，权当那是个脆弱的、奇异的、只被我发现了的新物种。我首先对他们进行了实地走访：没事就趴在铁丝网上，监视他们的训练，观察他们在新近举行的大奖赛中的争夺，尽可能近地刺探着他们。我见过他们光着膀子在更衣室里洗澡，漫不经心地抹着肥皂，与本城的其他网球高手互开玩笑，像是完全无须隐藏什么。我探听他们的每一段对话，企图抓住他们不经意间露出的无礼的言辞、遏抑的怒气、反目的星火、兄弟间的猜忌或怨恨。到后来他们大概都习惯我在了，会跟我简短地寒暄几句；老 M 每得一分都会朝我微笑，为我的坚持而欣慰——兴许他以为我是在模仿某个击球动作。当弗雷迪和老 M 如所有人预料的那样在决赛中相遇时，我早早来到赛场，在最前排坐下。我期待着某个疑似的压线，抑或快得让线审目力所不及的发球，能够引燃一丝不和、一句责备、一隅私心。可每每有争议球产生，两人总是竞相请求这分重赛，就好像这只是又一次的训练。他们斗得极凶，每分必争，但从没摔过拍子，连吼都没吼过。最终是老头捧得了奖杯，两人在网前拥抱，等待合影，就好像这是个从多年前就不断上演着的快乐的仪式，已经没有太多惊喜与激动。

于是我扩大了调查范围，开始搜集任何关于他们球场外生活的信息。果未落空。我获知，M 家的两个儿子上的是堂博斯克学院，四个女孩则在圣母学院就读。弗雷迪和阿莱克斯都很拔尖，但也不至于让他们被排除在"最受欢迎的那群"之外：他们用父母的车载着那帮喧哗的朋友，将周六晚的阿莱姆大街闹得鸡犬不宁。他们强强联手，在校际比赛上所向披靡；此外，很快地，两人相继交上了第一个女朋友：长得都挺养眼，家境也同样无可挑剔。晚上，我常在雕塑大街上瞧见他们的父亲：他和妻子手挽着手，怀着老情人特有的和缓的松弛。与他们照面时，那位母亲会朝我微微颔首，弯出一抹恬静而雅致的微笑，像是在告诉我："对，我们就是幸福，绝对的幸福；看吧，不管你靠得多近，我们都无懈可击。"

而当炎夏来临，M 家的隐秘帝国又会与大批市民一起移师埃尔莫索山①。据我所知，他们在海边有一栋豪华别墅；尽管那儿没有网球比赛，老M加上两个儿子组成了沙滩排球雷打不动的冠军队伍。他们会在那儿一直待到二月底，皮肤晒成了古铜色，乐在其中，更加幸福——如果可能的话。他们已经急不可耐地想回到场上，开启新一个赛季的征程了。

就这样过了三年还是四年。我哥第二次企图自杀。我姐十六岁便身怀六甲。在与男方一家进行的紧张激烈的讨论中，那个以A开头的词②浮出水面，如一个寒战。不过最终，水往低处流，双方就协议结婚的条件开始了磋商。

"婚约是浮云，倒霉天注定。"姥姥嘟囔了一句。

我姐哭着离了席。

"说到底，她不是第一个，也不会是最后一个，"我妈的语气近乎挑衅，"谁家没有点丑事儿……"

"也不能一概而论啊，"我指出，"我可不觉得M家那几个女孩子……"

"又是你的M家，"我妈朝我吹鼻子瞪眼，"都说人不可貌相，这你也不懂？我倒要看看M家关起门来都在干些什么。"

---

① 阿根廷海滨疗养胜地。
② 西班牙语"堕胎"的首字母为A。

"这也不难吧,"我爸说话了,"我们还有那位沙皇密探,无所不在的保姆呢:什么事问米盖拉就行了。"

米盖拉是我妈最宝贵的财产,有着阿劳科人的轮廓,每周来我家打扫三次,不怕累不怕苦。刚从老家来到这儿时,是我妈第一个发现了她。对于自己不能一周七天连续雇用她,我妈一直隐忍煎熬;长久以来她都生活在"万一哪天米盖拉被人抢走了"的恐惧中。我自以为对M家了如指掌,可我竟不知道,连他们家也对米盖拉觊觎已久。在我面前打开了一个新的世界;无疑,这条小径直通M家内部:犄角旮旯里的龌龊,垃圾桶里的信息,换床单时的印记。米盖拉看见了一切,听见了一切,说不定现在在她的草鞋鞋底还沾着M家花园里——还是带水池的——的些许尘土。

那天她忙到很晚,还在小屋里更衣,听见我妈的叫唤便跑了出来,腋下夹着钱包,颈上系着五彩的头巾。

"我们这儿正争执不下呢,"我爸说,"只有您能帮我们了。"

米盖拉对我爸心存敬畏,她几次三番想要抄起鸡毛掸子把他书房里那些杂乱无章的文件、书籍和夹子好好整理一番,事到临头却又鼓不起勇气。

"我们知道,您在M家干活也有些日子了。也不是要您怎么样啊,就想问问您,在您看来,这家人过得幸福吗?"

米盖拉瞅着我父亲,脸上写着一丝讶异。

"是的，先生，他们看上去相当幸福。"

"现在我们希望您再好好想一想：没错，他们看着是很幸福，可您说，他们是真的幸福吗？"

"没有一朵乌云的幸福，没有一分痛苦的幸福。"姥姥出口成章。

米盖拉试图理解我父亲严肃的神情以及等待着她回答时全场的肃静。

"单就我所看见的来说，是的，先生，他们确实幸福。"

"但是米盖拉，您敢说，您从来没见过他们争吵、打架，或者有谁哭过……？"我妈觉得不可思议。

米盖拉转头看着她。

"是的，夫人，他们之间从来没有过。"

"他们之间……什么意思？"我爸接过了审讯的接力棒，"难道说，他们不打自己人，可是打您了？"

"不不，先生，没有，"米盖拉警觉地回答道，"就是最开始的几天，我发觉，那位东家也是会生气的。那一次他以为箱子里的一罐软膏不见了，其实我只是清理的时候给他挪了挪地方。"

"那是什么类型的膏药呢？"我爸接下去问。

"不知道，先生，"米盖拉说，"就知道是白色的。他们叫我不要碰，后来我就再也没碰过。"

"所以讲到底,"我爸总结道,"您在M家见到的最接近于不幸福的事情就是这个,为一罐挪动了地方的软膏发了点火?"

米盖拉点了点头,有些羞愧,仿佛辜负了我父母的信任。

"这么看来,我儿子是对的,"父亲说,"是他让我们在此生有幸见识了这世上最稀有的物种:一个幸福的家庭。"

"装的,"我妈仍未放弃,"都是在别人面前装出来的。我真想看看,只有他们自己在那儿的时候……肯定有什么不可告人的东西。"

那一年,弗雷迪首次在大奖赛决赛——经过第三盘的13比11,令人难以忘怀的长盘决胜——中击败了老M。我们所有人都在想,是否后者已走上末路,王者已逝。但第二年,老头卷土重来,直落两盘取得冠军。同时,阿莱克斯也崭露头角,开始了他在第一等级赛事中的争夺。而我的网球水平则止步不前,尽管如此,我仍坚持前往俱乐部,无时无刻不留意着关于M家的消息:随着时间的推移,这似乎已成了条件反射。M家的女孩陆续年满十五,宴会的盛况填满了日报的社会版。我姥姥摔断了胯骨,我妈最终将她接了回来;在这里,她向恐怖的垂死疾驰而去。她的床就在我们隔壁;长夜里,我哥与我听着她的鼾息和残喘,渐渐弃她而去的生命。一天晚上我醒过来,发现我哥没有躺在旁边睡着。我在隔壁门前找到了他,他两眼死死盯着姥姥大张着的嘴,有时断时续的呼噜声从那里传出来。我找来他的药,像对待梦游症患者一样把他牵了回去。我姥姥最终还是去世了。葬礼上,照规矩由我在灵柩上箍上一个扣环。而后我们在墓穴边与她告别;其他人四散车中时,我想在墓地多逗留一会儿。我走在被十字架压得喘不过气的小径上,浏览着一块块石碑:没有一块刻着 M 姓。回到家,我问我爸,不觉得这有点奇怪么。

"M 家在这儿没什么亲戚,"他回答着,"那家人也就来了不到十年吧……哎,我说,你该不会把每块墓碑都看了吧?"他警惕地问道,似乎这会儿最让他担心的反而成了我。

念完中学,我去了布宜诺斯艾利斯深造。我毫不奇怪,无论是弗雷迪还是之后的阿莱克斯都选择了留在本城就读(两人都上的农学)。不仅因为在布宜诺斯艾利斯广阔的疆土上,他们会失去王子的光环。或者还因为这样他们就赢不了冠军了。我的直觉告诉我,这家人根本就没法分开;从本质上说,他们是一体的,是被某种东西神秘结合并封印在一起的部落,而那种东西,一次又一次从我的指缝间逃脱。

新生活伊始,我几乎完全忘记了他们,只有家人来信中的只言片语会时不时将他们带回我脑中,好似一个遥远的回声,它曾经对我如此重要,而今却因时空的变换变得那么渺小。打个比方,我姐已经不记得告诉我,每年是谁赢得了大奖赛:是智慧、力量,还是优雅;他们轮番占据着冠军的位子,仿佛本城再也无法培养出一名能够击败他们的网球选手。大学最后一年,我得知老 M 又一次在决赛中取胜。他都多大年纪了?我在给我姐的信中写道,不是该老得不行了吗?

我前些天还在街上看到他了,我姐回复说,他还跟以前一模一样,可能就头发又稍稍白了一点。倒是爸爸的身体每况愈下,经常呼吸困难,因为有肺气肿。现在他都得坐着睡了。至于其他的,还是不说为妙。

那些年我没回去过几次,一直下不了决心到俱乐部去看看。我怕他们真的没变,更怕他们其实变了,在那光鲜的、被细细打磨过的表面出现了某处龟裂,而今已能窥探到其中的奥秘。

大学毕业后,我拿了奖学金,赴英国进修比较文学。两年念完,我又延长了三年,以完成我的博士学业。在英格兰的第五年,我收到我姐的来信,仍是那些老套的悲叹。我爸想把地卖了,我哥又一次被送进了医院。楼上搬进了新房客,养了狗却从不拉出去遛,它们直接就在阳台上大小便,尿液渗过裂缝,经由天花板上的房梁滴落在我家的墙面上。这下我们可真是走了狗屎运了,我爸说。姐姐在信后附言里还说:你猜怎么着,今年老 M 又拿冠军了。

很难想象吧？我那天在超市里碰到他了。他头发已经全白了，可除此之外就和以前毫无差别。

于是我给她回信，这也是我第一次向别人吐露我对M家的真实看法。下一封信中她跟我说，我的信让她看笑了，还问这是不是我新小说里的情节。时间对所有人都是一样的，对他们也是。这是与生命为伴的唯一铁律。弗雷迪应该快满三十了，他也读了硕士，找了份不错的工作，现在的女朋友也是跟他一起时间最久的：轮到他结婚发喜饼了。不过，不管怎么说，要知道这是不是真的也很容易：再等几年就行了。我会在这里留意的，一有情况就告诉你。

回信中我没敢再坚持：我还记得当初说到墓碑时我爸那张警醒的脸。我也不愿告诉她，我已经不再写作了；从专题文章到专业会议，不自觉地，我已变成那个我曾经多少次嘲笑过的人：文学教师，掉书袋的，一名学者。

大约六个月后，在另一封信中，我姐告知了我那个重大消息：M家搬走了。老头把地卖了，换了一大笔钱。他最先想卖给爸爸的，也不知道我家早就土崩瓦解了。谁也不清楚具体情况，只知道他们一家全搬走了。所以弗雷迪应该也跟他女朋友分手了。我感觉他们想先旅行一阵子。也或者就是不想告诉我们他们去哪儿了。一切都神神秘秘的。大概你是对的，其他人也渐渐发觉了。不管怎样，我们被耍了：从今往后我们就再也别想弄明白了。

又是几年过去了。几年？反正，我姐的信——字体圆圆的，看着就安慰——变成了电子邮件，越写越短，像是觉得只报忧不报喜挺可耻似的。他们去告了楼上的房客，可官司在法院里拖着，毫无进展。作为报复，那家的女主人连续数小时把阳台的水龙头开着，接上水管，直接对着那条裂缝，如今我们家里已经能看见瀑布了。我姐怀疑那女的也跟她的狗一起冲着裂缝尿尿。还有呢，但是不能告诉你，告诉你你也不信。至于我在另一封邮件中问起的家里的受损情况：墙上长满了蘑菇，我们特别害怕哪天天花板突然掉下来砸在我们头上。爸妈都搬到你房间里住了，也就那儿没有水。爸快被潮气整死了，字面意思。他的肺气肿越来越厉害。一言以蔽之，倒塌的厄舍府①。

那年末，我应邀赴加拿大担任教授，那所小型大学承诺在短期内授予我终身职位。在魁北克机场等待转机时，我听见广播里在呼叫我的名字。我猜想是订票出了什么问题，但当我赶到柜台，那位员工把电话递给了我。从地球另一端传来了我姐姐的声音，是我未曾听过的、被哭泣遏抑着的声调：父亲走了。我这就回去，我告诉她，搭第一班飞机回去。没什么区别，总是赶不上落葬了，我姐说。我继续旅途，四个小时之后，于三个面容板滞的教授身前，我

---

① 引自爱伦·坡作品《厄舍府的倒塌》。

听见自己确信无疑地高谈着博尔赫斯与英国文学，背诵起大段的引文，如同废旧零件上演的一场机械奇迹。又过了两个小时，我与他们在一家墨西哥餐厅共进晚餐——餐厅应该是特意挑选过的，以介乎迁就和亲切之间的微妙姿态，只因我的姓氏听着还像拉丁裔——这也是面试中最重要的一环：餐桌上的会话，用膳时的礼仪，酒水单的考验。而当咖啡被端上了桌，他们就像用暗语达成了一致，齐齐同我握手庆贺，告诉我，很高兴有我与他们一起在这座被雪埋葬的失落之城腐烂，共同承担着向野兽军团——脸都因啤酒蠢到不行，手指则忙碌于他们的手机——教授文学的崇高使命；学院会对我负责，一个学期接着一个学期，直至终身。我尽可能地表达了谢意，而当他们问及我是否有什么怀念的时，很奇怪地，我并未想到我即将告别的伦敦，而是记起了一段比它久远得多的回忆：我告诉他们，我想重拾网球。他们互相看了一眼，笑了起来，回答说，这儿的室外运动季很短——除了铲雪之外——或许我应该考虑改打壁球。

又是几年过去了。几年？反正，我的头发也全白了，一天我站在浴室的镜子前，发现一颗牙齿掉了下来，从中间碎了。我将它拿在手中，看到牙龈中黑色的空洞，像一口陡峭而致眩的井。家中已经很少有消息过来，自从父亲死后，老妈是铁了心地不肯下床了。简略的短信中，我姐向我通报着衰颓的点滴：向尿不湿、血痂和老年痴呆的进军，由来来往往的护士上演的悲喜剧，家中最后一点存款的默默耗尽。她求我别回去看她们。你会认不出我们的，也认不出这个家。你回来做什么呢？

冬日将至，我去了杰克逊维尔开会，那是佛罗里达州最热的地方，报名只是为了逃避一年里最初的冰雪。演讲时我意外地昏厥，像是突然没了呼吸，下口气又怎么都接不上来。我及时扶住了黑板，却还是倒了下去，醒来时已是在学校附近的医院里，我又留院观察了几个小时。最终我被送进了一个小间，大夫对着灯光把我的胸片展开，将肺穿孔的地方指给我看：那里就像被烧伤了一样。对于他的诊断我早有预感：来自我父亲的最可怕的遗传。

出来时我夹着那个装片子的大信封。为了让他们放我自己走回宾馆，我不得不跟那两个在外头等我的同事扯了谎。那是个平静安详的下午，无风，阳光怠惰地从树叶间洒落下来。我所在的大道上，我是唯一的行人，只有骑自行车的学生与我擦身而过。拐上会议地图上标注的一条小街时，我遽然听见——那种轰鸣声，不会错的——远远地，有人在打网球。我听从击球声的指引，走进了那家几乎隐匿于女贞树中的俱乐部。等我终于走到石板路的尽头，在铁丝网的后面，他们就在那里——清晰、尊贵、真实。真是他们吗？我的视力已不比往昔，但我知道，确实是。老 M 正在与弗雷迪交战，他的正手像国王的大剑恣意沙场。他的头发完全是焦糖色的，还无须白色软膏的缓慢伪装。球场边的长椅上坐着个妇人，在树荫下做着编织活，时不时抬起眼关注着某个球的来回。是她吗？我走了过去，听见脚步声的她转过头来，目光亲睦而狡黠。从她的眼神里丝毫觉察不到认出我的迹象。是啊，怎么可能认得出我呢？都快四十年了，我盘算着。我又往前迈了一步，她的表情中有什么缩了回去，似乎是警惕的信号，大概发觉我在盯着她看。我停了下来，想让她安心。

"我只想知道，"我问她，"你们是不是真的幸福。"

话就这样不经脑子地脱口而出了，说的是西班牙语。她做了个"没听懂"的手势。

"对不起，我不懂西语。"她费了老大的劲才挤出一句，像是在逐字逐词地回忆着一堂遗忘了的课程。

当然啦，我心想，当然了。每次搬家他们都会失去之前的语言。他们必须忘掉关于上一次存在的一切。

"我只想知道，"我改用英语，"你们是不是真的幸福。幸福。"

女人睁开眼，仿佛终于明白了我的意思，并对我的关注表示感谢。或许她把我当成了境外人口普查员，专为欢迎新住民而来。我自问这些年里他们究竟搬了多少次家。

"必然啊，"她向我投来一个大大的微笑，语词中夹杂着一丝难以分辨的口音，"可幸福了。"

击球声戛然而止,我看见老头走到铁丝网边,直直地看着我。我战栗地发现,此时此刻的他比我年轻多了。她压低声音,很快地说了句什么,叫他安心;词汇短促清亮,我闻所未闻,也许是他们种族真正的语言。老 M 点点头,最后瞟了我一眼,然后又踏上罚球线。我亦掉转过身,头也不回地朝那条石板路走了回去,那里是我所剩无多的生命。

《易经》与纸男人

男人从梦中惊醒。他是睡在椅子上的,整个背都麻了。几秒钟后他才想起自己在哪儿;这已经是第二晚了,安置着一排病床的大厅以及连接着导管的小脑袋们也变得熟悉起来。空气中有浓重的消毒水和古龙水味,从高处传来风扇扇叶转动的嗡嗡声。他一条腿抽筋了;揉眼睛时,手背感觉到了胡子粗糙的摩擦。他试着回忆那场噩梦,但最后的残迹无可追觅,他合计着,也许这样更好。他站起来,于黑暗中俯身查看第一张病床。毫无变化。被单盖到了脖子,包裹着那瘦小的身躯;一绺金发黏在汗湿的脸上;头纹丝不动,仍僵直在那个角度,就像被那根从鼻孔通出的胶管残忍地扯向了上方。晚上有谁来换过血清了,额头上的湿毛巾也是新的。睡着前,他听着三床的女婴撕裂的哭声,之后于睡梦中,则有戴呼吸机的那小子如即将溺毙的游泳者一般剧烈的哮喘,他慨叹身体应对死亡的战略竟是如此不同,自问他女儿沉沉的昏睡——那固若金汤的静默——是否也算是种自负的顽抗,抑或预示着最终的放弃?

听到走廊上的脚步声，他看了眼时间：妻子来换他了。开门的一瞬间，光扇照在其他床位上：三床，之前属于那个女孩的，此刻空着。他心想，睡着太危险：夜里有悄无声息的失踪，不可预见的更替。他感觉到肩膀上妻子的手以及她的唇在脸颊上一掠。他们站着，像两个陌生人，一动不动，观看着同样一动不动的、陌生的景象。

"没什么，是吧？"她说，伸手摸了摸额上的湿巾，"又该换了。"

她走出房间；透过走廊，他听见小饭厅里水龙头的声音，护士们都在那儿打盹。当她回来，探着孩子前额的温度时，他在她因恐惧而放大的瞳孔中看见了他们谁都还没敢说出口的东西。

"医生什么时候再来？"

"过两个小时。"

"他还说了什么吗？"

他摇摇头。

"只能等了。"

"有点不对劲，你不觉得？应该半个小时就从手术室里出来的，照他们所说。可能不是阑尾炎。说不定有并发症。"

"我问过他，他说没有。可到了晚上他又跟另外一个医生一起来看了一次。他们说还得等二十四个小时。"

"上课前你不要睡会儿吗？"

"嗯，我试试睡会儿。"

"你会记得帮我找《易经》的吧？"

话音听着像卑微的乞求，他在她眼里读到了与失去第一个孩子时相同的无助，好像海难者高举着的手臂，周围一切都已沉了下去，她再也不去顾及他的想法。他告诉她，所有箱子都检查过一遍，但他会再好好找找。

"还有硬币，"她说，"别忘了硬币。得有一阴一阳两个头像。我以前用的是英镑，十便士的，一面是狮子，一面是女王[①]。应该都在她那个红色的储蓄罐里。"

男人点点头，弯腰在她唇上吻了一下。她始料未及地抱住他，大哭起来，痉挛而破碎的抽咽伴着沙哑而绝望的呻吟。他感觉她的泪水打湿了他的脸和脖颈。他们好久没有拥抱了。

她放开手，再次望着他，下意识地帮他把衬衫领子立好。

"你会记得的吧？"

男人旋转钥匙进了门。气味已与之前有些微的不同，是荒弃之家的味道。他听见指甲抓挠院门的声音，从玻璃中看见了他的狗潮湿的口鼻。妻子在厨房里给他留了橙汁和几片吐司。他掰了些吐司

---

① 根据西班牙语名词词性，狮子为阳性，女王为阴性。

给那条狗。天还没亮。他踱过昏暗的过道，摸进女儿的房间，打开灯。他发现他妻子一整天都待在了那里。一切都整理停当了，似乎她每将一个玩具放回柜子前都先拿起来看过摸过；那张床——半夜里，他们就是从这儿把女儿抱走的——也铺好了，维尼熊的床罩过分精细地箍着床垫。他看见床头柜上摆着一张妻子跟他的合照，两人笑着，躺在沙滩上，脸被太阳晒得通红：某年夏天女儿在海边给他们照的，那会儿她还只有四五岁。他在一箱玩具中找到了那个储蓄罐，马口铁制的红色邮筒，一次旅行时买回来的。他把里面的东西倒在床上，从各国钱币中挑出了他要找的那三枚放进兜里。他关了灯，上楼去了书房。

搬家时海运过来的十几个书箱还在昨晚的老地方，盖子开着，三三两两地摆在地上。这套房子不带书柜；刚搬进来时总有比这更紧急的事需要解决，日子过着过着又忘了这茬，仿佛两人都明白，这已经不再重要，反正他总是要走的。他蹲下去，翻开第一个纸箱，把书一摞摞地搬出来。他在脑中估算着这些书将在屋子里占用多少空间。他决定把所有箱子重新检查一遍。他在找的书是黑色的，很厚，书名是用中文写的，书脊的一头绽了线。他确信自己不会看漏。说不定就在哪个他一直没有翻到的箱子里。那本书让他想到她，想到两人刚结婚的日子，那时她整晚整晚无法入睡。尤其令他记忆深刻的是硬币的敲击声——他在黑暗中醒来，身边是冰冷的床铺,他循着那有节奏的响声寻过去,发现她散着发,身穿睡衣,餐桌上摊着本《易经》,旁边放着张一折为二的纸,纸上无休无止地画着横道,就像用古怪的莫尔斯电码发出的求援信号。还记得他煮着咖啡,而她长久讲述着为于大君之武人、左次之师、贞女、老妇、文王、牧羊、厥宗噬肤、泣血涟如①。他想起自己对她的万般取笑以及她冷静微笑着给出的回应,好比一张常胜的王牌:《易经》预言了他,纸男人,将会进入她的生活。我的纸男人。以前每到意乱情迷时她总会这么叫他。

男人打开第二个箱子,一线日光从窗口洒了进来,如抚上脸颊的一只意外温热的手。一阵剧烈的疼痛从腰间升上背脊。他把身子往后抻了抻,干脆躺倒在镶木地板上,眯着眼睛,看着在光锥中悬浮着的闪亮的流尘。他睡了过去,那么沉,都没有发觉那条狗悄悄爬上楼梯,坏了规矩,在他身边蜷成了一团。

底楼的电话响了。一声,两声。男人醒了,得以在自动答录机启动前赶到了楼梯的底端。

"我想着你可能要睡着。"是妻子打来的,背景音有点嘈杂,像是打的公用电话。"你几点的课?"

---

① 均出自《易经》。

男人看了看表。

"还来得及冲个澡。有什么新情况吗?"

"他们刚带她去拍了个片子。医生说还要做别的检查。他说得等到今晚十二点;他也不肯告诉我,万一到时她还是没有反应的话……"她一时哽咽了,而后,就像强迫自己平静下来似的,她问他是不是上完课就直接去医院。

"对,当然。"

"那你别忘了把《易经》一起带到系里去。"

她一再提醒他该做什么。他不觉得自己的记性有她常说的那么差。一开始两人都把这当作玩笑,后来——在暴风骤雨的日子里——却成了她唯一能跟他搭上话的机会。他的记忆里确实有些游移的因子,但同时也存在着一些坚固而不可撼动的场景。他每晚都会忆起他儿子的垂死,想起她——那时她还那么年轻——一边掷着硬币,一边喃喃自语,被金属的叮当声催眠着,魔怔般地意图从书里翻出另一个解释。他还记得那一天,葬礼之后,放在饭厅搁板上的那本《易经》不见了,他什么都不敢问;就是那一天,她开始服药——如今她仍靠它们安眠整晚。

男人打开淋浴喷头,快速脱下衣服。他的身体修长健壮,自加入大学游泳队起就一直保持这样。现在他还能游,毫不费力,仰泳一百米是他的日常项目。在与身体签订的秘密协议里,他感觉,

"别太关注它"就是他要尽的那部分义务。他走出浴室，套上短袖衬衫，又看了看表，确定没有时间刮胡子了。他再次上到书房，拿起统计书和几页笔记，拖着狗脖子把它拽下楼，重新将它扔回院子里。确认过口袋里的三枚钱币，他在玄关的台面上找到了车钥匙。他朝大学的方向行驶着，却拐上某条大街，在一爿书店前停了下来。店员耐心听他讲完，慢慢摇头。他们只有《易经》的缩略版。他说的那本黑色封皮的特别厚的书，有荣格①作序的，很久以前就卖完了，他不觉得在本城的任何一家书店还有可能找到它。男人踱回车中。他低头看表，复又驶上大道，略微超了点速。跑进教室的时候，学生都已在座位上了，他听到一阵交头接耳。他从未迟到过，或许，他想着，所有人都以为他不会来了。男人的长腿迈过教室，登上讲台；他讲起病理学、怪症和畸形。各位有没有发现，他问道，最初的病例总是发生在中国？难道中国人特别容易变异，特别容易生出怪异之物？还是说，只是因为他们人口众多？到底怎样的病才算是罕见病呢？我们说，它的发生率必须小于千万分之一。可中国人口超过了十亿，以至于在任何一个国家都算得上罕见的病症，在中国可能并不稀有。那现在，男人说，让我们想想先兆之梦。我们所有人都梦见过某个近亲的死亡，所以我们不妨假设，每

---

① 卡尔·荣格（1875—1961），瑞士心理学家，曾于1950年为《易经》英文版作序。

个人在他的一生中都至少做过一次这样的梦。

他停了下来，好像思路断了：他灾难般地清晰记起了清晨在医院里的那场噩梦。他朝黑板转过身去，假装在寻找粉笔，平静了一会儿，然后转身面对课堂。以下这种情况并不常见，他说，第二天，那位亲人真的死了。但当我们重新审视这句话，什么叫"并不常见"呢？我们的亲人也和所有人一样，终有一死。

男人在黑板上写了一个五位数。这是一个人寿命的极限，以天表示。我们的亲人可以在其中的任意一天死去，预兆之梦也可以发生在其中的任意一个晚上。那么好，梦境应验的概率也就是以上两个独立事件——做梦的那晚和死亡的那天——同时发生的概率。这个数我们都会算。

男人写了个等式，在画上等号的时候顿了顿，似乎在进行一场漫长的心算，接着他记下了一个几乎两倍长的数字。这个数很大，但也不是那么大，他说。在东京，在布宜诺斯艾利斯，在纽约，按照惯例，每晚都会有人在梦里杀掉一位至亲。这个人自然会无比惊悚，我们没法用这个算式或者其他理性的推断来说服他；他一定不会相信，这里面没有奥秘，没有预兆，只有平庸的统计学，它如此必然，就好比每回彩票总会有人中奖。

他颇为精神地擦了黑板，随后，以同样冷漠而讽刺的语调，将秘术、星象和塔罗奥义在他的统计课上逐一击溃。学生们全未发觉这天的课与其他任何一堂课有什么两样。他只是比平日里多了些恍惚,且尚未拿出他那令人难以觉察的冷笑话。第一次课间休息,他没离开讲台,教室渐空,坐在前排的一个女生带着存疑的微笑走了上来。

"您刚才所说的,包括大数定律[①],是不是对《易经》都不适用?因为《易经》预言的是未来的事件……那是另外一个层次的东西了,不能简单解释为掷骰子。"

每个学期,但凡他讲到这堂课,讲到偶然性,总会有人抱着这般警觉的姿态来找他,仿佛他挑战了一种信仰,比一切宗教更值得维护的信仰。一般都是星象,他会听到天真而激烈的辩护、关于星座与星盘的长篇大论。也有时是塔罗。大体上他做不了什么能让他们明白,是的,我很遗憾,它们都一样,都是事物盲目的不确定性使然。但直至今日,还没有谁提到《易经》。

"你那书每测必中么?"男人问道,女生似乎未听出话中的讥嘲。

"从不落空,"她很认真地说,"所有对我的预言都应验了。但只有确实重要的事我才用它来占卜。"

"大概你那本特别神奇。"

"你还是不相信我,是不是?"那女孩有点受伤。

[①] 概率论历史上第一个极限定理,由瑞士人伯努利(1654—1705)提出。

男人打量着她。女孩的目光清澄通透；她脸上有股特殊的神采，极端稚气，似乎未经人事。他发觉，是的，就这一次，他愿意相信。

"神奇的书，"他听见自己讲述着，"就像神奇的硬币一样，是统计学中被仔细研究过的一个案例。我们设想这个城市里的所有住户同时开始扔硬币，把一枚硬币连续扔二十次，那么所有人中很可能有这么一个，他的硬币接连二十次都是同一面朝上。接连二十次。这人一定会觉得，他的硬币是有魔力的，可是当然了，这并非硬币的固有属性，只是偶然的一种可能表现形式罢了。同理，我们可以联想到这个世界上所有拥有《易经》的人。我们假设在每次占卦后，预测落空的人都不再相信这本书了，只留下灵验的继续占卜；我们说，只剩下一半人。而在第二次占卜过后，留下的是一半的一半，依此类推。即便《易经》是像硬币那样没主见的东西，只要放到一个大城市里，也很有可能存在这么一本——它永远正确：说不定就是你那本。它是哪版的？"男人忽然问起来。

"你说版本？应该跟这没关系吧？就是最普通的，黑色封面。"

"上面有烫金的汉字？"

"对，就是这个。"

"能不能借我用一下？就今天。"

"今天？可那本书在家呢。"

"对，一定要今天。上完课我可以送你过去。"

女孩脸上掠过一丝狐疑，她在戒备，像在适应一段新的对话，或在揣度他的话语背后是否另有深意。但她仍在摇摆，因为从他的表情里看不出其他的征兆——没有半个笑容，语调没有丝毫变化，没有心怀鬼胎的目光——好让她确定他的真实目的。她紧张地摸着头发，弱弱地笑了笑。

"但您不是不相信《易经》的么？"她的笑容中闪出一抹轻浮，或许是在怂恿他越过那条无形的界线，好让她明白，她要接受或拒绝的究竟是什么。男人做了个疲累的表情。

"对，总体来说是不信的。也不是我自己用。主要是……"他停了下来，仿佛选错了路。"说来话长了，"他换了种说法，"但确实是件重要的事，就像你说的。所以最好能用你那本来占卜。不知道你能不能帮我这个小忙？我明天就还你。"

"当然，当然可以。"女孩困惑地走回到自己的座位上。

"谢谢，"男人说道，"那我们下课见。"

女生的家在新建的学生社区里，公园的后边。几分钟的路程中，两人没讲几句话。他知道了她的名字，而她根据车后座的玩具判断他有个女儿。他在一栋独户公寓前停下，女孩不好意思地请他下车；当她为屋中的凌乱说着抱歉，在架子上翻找那本书时，站在门口的他顿时觉得回到了学生时代，回到了自己凌乱的寝室——只需注意每个细节，她的一切尽皆了然。回来时，女孩把书递给了他。他的食指拂过金色的文字；把书转过来看着书脊的时候，他感觉到了它的分量。男人想起来，这还是他第一次捧起这本书。

"就是最普通的版本。"她说道，就好像一件早已提醒过对方的事，她仍怕男人会失望。

"太棒了，"男人回应道，"神奇的书是一本最普通的版本的最普通的书。"

男人踏上医院的石阶，兜里的硬币逢单便响。他穿过内院，在诊室的迷宫中寻找女儿的病房。开门前，一个认得他的护士在走廊里把他拦下；她伸手扶住他的胳膊，告诉他，他女儿被送去手术室了：她得再次接受手术，他妻子正在那儿等他。男人迈向回廊尽头，登上另一段阶梯，大理石的，磨损已经很严重，边缘带着锯齿，终点即是等候室。妻子站起来拥抱了他，他在她脸上看到了泪痕。

"刚进去，"她说，"就在那扇门后面。不知她怎么了。他们只说要再给她动手术，可都没法告诉我她到底怎么了。"她迷离的目光定在了男人手中的书上；他把《易经》递给她，她将它抱在胸口："所以你还是找到了。"

"不是你那本,"男人说,"我又找了一遍,到处都没有。这本是借的。"

"那硬币呢?你没忘吧。"

等候室里没有别人。男人从兜里掏出那三枚硬币交给她。女人拿着书坐到第一级台阶上。他转头望向一排排座椅:他不愿看见她这样,埋头书本,像阴暗的邪神,仿佛过去又原封不动地转回来了。但他的儿子和女儿,他心想,是完全独立的事件。他听见硬币撞在大理石上的声音。一次,两次,三次。四次。五次。六次。决定六爻[①]的六次投掷。他不可避免地抬起头,恐惧地看见那只手将那本永无失误的书翻到了其中一页。

---

① 六爻占卜法起源于西汉京房纳甲体系,起初所用工具为五十五根蓍草,宋朝时开始"以钱代蓍"。占卜人将三枚铜钱放于手中,双手紧扣,思其所测之事,让所测信息融贯于铜钱之中,合掌摇晃后放入卦盘中,掷六次而成卦。

疲惫的眼

给我开门的男人很老，倒也不算我摊到的最老的。他有双疲惫的眼，携着岁月带来的如水的脆弱，目光却明亮如炬，举止仪态端庄而沉静。他关了门，缓缓挪回扶手椅上，似乎这是段艰险的路程，每一步都需万般小心；他坐下后，给我指了指面前的椅子，用微微颤抖的手从一个方形瓶子里给自己倒了一小杯烈酒。尚可自控的帕金森病。

"抱歉，这么晚，"他跟我说，"希望没吵醒你。"

"没有，我睡得很少的，"我安慰他，"而且我确实想出来了，一整天都没人叫我。"

"所以不常有人叫吗？"他把眼睑抬起了些；瞳孔是锐利的天蓝色，在灯光下就像灰的一样。

"有。还挺多的。一开始谁都没想到会有那么多人。就是不太有人叫我罢了。"

"明白，"他说，"我也看到其他告示了。人都喜欢什么样的？

女的？神父？"

"女的吧，我猜，嗯。不过也不存在什么性的意味，基本上没有为了这个的。普遍喜欢找脸比较像的：像妈妈，或者像前女友；反正看着要像某个亲人。不过这也是一阵一阵的。现在很多人喜欢找护士、大夫。"

"那找你的都是谁呢？"一瞬间我感觉他的眼神有些讽刺，但他立马以礼貌的微笑弥补着。

"以前的学者吧，特别多。大学生啊，作家什么的。是那种在家里还备着书柜的人，就像您，可能还需要一番'哲学'的对话。"

"不不，你放心，不用对什么话，我就想把这杯喝完。你信么，他们还真试过给我找个哲学家。"

"好吧，我猜他们不管什么都会尝试一下的。您这儿来过几个使者了？"

"'使者'？他们都是这么叫你们？"他笑着摇了摇头，"有时还真挺有意思。总共来了七个，我都记着呢。他们实在太天真，我差点写了我最后一篇文章：让我继续的一连串理由。尤其有次他们还送过来一个妓女，一个特别年轻的姑娘。是真年轻。后来我跟她说：孩子啊，我是该考虑考虑这个……要是放在一百年前的话！"

"一般他们只派三个。不过我也听说过像您这样的情况。只有他们感觉异常的时候才会这么做。您年纪不算太大，又没什么病，思考机能也都还在；唯一也就是有点帕金森。"

"是，我挺健康的，这点尤其让他们沮丧。有时我就想，他们是不是在研究我，打着各种各样的幌子？也或者这是某种法律陷阱，他们只会一个接一个地来，永无休止。但显然他们已经放弃了。官方许可是今早到的，我一整个下午都在寻找合适的人选。我在网上见到五花八门的广告，真不知该选谁。最后挑中你是因为那个标题，我特别喜欢：终结的终结。这恰恰就是我想要的：终结。"他叹了口气，把空杯子放到桌上。"都在箱子里了？"

他重新望向我，那在灯光下变换着颜色的瞳孔再次吸引了我的注意力。我把箱子搁在茶几上，郑重地打开了它。看到里面只装了支注射器，他显得很失望。

"这个不好，"他说，"得用个什么更激烈的东西。你如果不反对的话，我去把我的猎枪拿来。我不想把脑子留给他们。他们就跟秃鹫似的，无处不在：停尸房、墓地、医院。我知道，为了回收大脑，他们甚至混进了你们之中。"

"悉听尊便。"我回答说。

我任他站起身来，走了两步，背对着我。我贴了上去，用左胳膊兜住他的脖子，张开手掌，把他的后颈用力地往前压。这是交错法，可以在几分钟内阻止血液流向头部。打电话时我正用另一只手把那具干瘦的躯壳转过来。我小心翻开他一侧眼皮，好就近看看那颗眼球。

"可回收么?"他们问。

"可回收,"我答道,"但我改变主意了。我想留下点东西作为收藏。"

"只能是外边的啊。"他们警告我。

"眼睛,"我说,"我感觉它们特别古老。我认为,这才是真正人类的眼睛。"

一只死猫

他第一眼看过去，不可救药地吸引了他的注意力的——甚至他们还没带他去看房——是坐落在铺着棋盘格地砖的内院中央的那口井。他的公寓是第二幢，靠近大门，但他撇下房产公司的小姐，踏过一方方黑白格，驻足于那座微型的石塔前。在那里，在钢筋水泥的城市中，他找见了童年的破片，在祖父田地里的欢乐的夏天。它似有种抚慰人心的力量，好像家人伸来的一只欢迎的手。他不禁想起了与哥哥姐姐们在一起的时光：趴在催眠的井口，轮番向致眩的深邃喊叫，等候着回声的到来；骄傲地夸示着幼弱的肌力，从昏暗遥远的暗涌的井底升起满满的水桶，就像钓起一条神鱼。他欲把盖子翻开——上面有些生锈了，便把种着天竺葵的花盆都挪到了一边；但那看房小姐——她不情不愿地跟了过来——告诉他，里头早就用水泥封住了。果不其然；掀开板子，只看到一洼墓穴般的空间，几厘米深的地方用灰浆砌了起来，一列工蚁刚从上面犁过。

他正要走回去，忽听井后传来一声擦蹭。他绕过去，看见一只刚出生的斑纹小猫正在夏日的艳阳下伸着懒腰，两爪朝天，细瘦的眼睛眯成两道水盈盈的缝，不信任地瞧着他。他刚想上去摸摸，只见它把身子压到地砖上，噌地朝一扇房门窜了过去，脱离了他的控制。那门瞬间就开了，就像有人在窗后监视着似的。那是个极老的妇人，脸被皱纹切割成一块一块，她探身把小猫抱了起来。她挑衅般地瞅了他一会儿，目光坚硬而冷漠，他还没来得及说点什么，她便把猫捂在胸前，用力砰地把门关上了。

"不是老有那种喂流浪猫的嘛，这老太太就是其中一个，"中介小姐说，"她也知道这儿不能养猫：任何宠物都是不允许的。可她真把自己锁起来也没办法。但你放心，我跟你保证，这儿还有许多好邻居，男的女的都有，人都特别好。"她着急地晃了晃钥匙。"现在怎么样？去不去看房？"

他一直没去想那只猫，直到搬过来的头天晚上。他预付的钱只够给司机的，搬运的活还得他自己来。他把为数不多的家具从皮卡上卸下，一次次地把书箱扛进屋子。这都不打紧：从刚进大学起，到研究生都快毕业了，他每晚都到酒吧里干活，抬桌椅、搬酒瓶。一次来回中，他在大门口看见一位年轻的女子，比他稍大些，戴着墨镜和羊毛手套，穿着黑边长风衣，想必是去上班。她打量着他，没有立刻转动钥匙：清冷的晨光中，他已脱去外衣，只穿了件尤其紧身的短袖T恤,此刻可能也被汗水打湿了。即便如此,走过她面前时他还是停了下来,以直抵心魄的目光凝望着她,艰难地腾出一只手,亲切坦率地做了自我介绍。这种爽直,大概还要加上他残存的乡村口音,令那姑娘笑了出来。半是高兴,半是惊奇,她小声报上了自己的名字,又指了指他裸露的双臂。你不冷吗?她问。习惯了,他说,我是南方人。在她看表之前,他们又扯了两句。我很赶,要迟到了,她说,不过既然都住一个院子了,肯定有机会好好聊的。他目送她离去,心想,这应该就是中介小姐所说的"好邻居"之一吧,尽管只是从外表来看。这次交会,这番简短的谈话,令他心情不错,也帮他撑过了这天余下的时光:由收拾房间和整理家具构成的小小苦难。他往返于五金店与房间之间,耐心地梳理吊灯与壁灯的电线,清理墙上的招贴画,接上电脑,一点点地重组他的组合书柜。天黑时,他把整箱整箱的书倒在空荡荡的起居室里,再把它们一本本放回原来的位置。他把余灰扫了,把空纸盒和垃圾拎出去扔进废物箱里。而后,吃完晚饭,他还把滴水的龙头都修了修:他得保证晚上的睡眠质量,第二天一早就要上课。直到冲完澡他才发觉自己累得不行,一头栽倒在床上。就在这时,他听到了那阵呜咽,如一丝极细的线,开始时时断时续,于短暂的沉默后又卷土重来,愈加刺耳与紧绷。最初他以为那是婴儿的哭泣,便在毫无遮掩的静寂中分辨起那些可以预期的响动:某人的责备、开关与脚步声、轻柔的摇篮曲。但是没有；只有哭声在暗夜中孑然耸立——它仍在扩张，拉伸到了愈发恼人的强度。他坐在床头，听见中庭有扇百叶帘被砰地合上了，似乎有人在发泄着不满。但抽泣声并未停止，反而加强了力度：最后的反抗也陷落了，整个夜晚终于归它所有。此时，当院里的其他声响被一扫而净，他终于得以分辨那紧绷而刺耳的音符究竟来自何处：只可能是他见过的那只小猫。当然了，那是猫叫，现在他不会听错了，奇怪的是先前怎么没想到呢，过早被从母猫身边分开的小猫总会发出这样的啼哭。他想起自己家也养过一只猫，是姐姐从街上捡来的，它差点被冻死，就手掌那么大；他们是偷偷带回家的，因为母亲不喜欢动物。他们把它藏到纸箱里，塞在床下，但它一到晚上就哭。被发现时，母亲警告他们：要是再叫就把它扔出去。他当时尚小，但他还记得，姐姐们为此使了浑身解数：带它一起睡，给它奶喝，轮流值班让它别叫，但都没有起色。一天他们放学回家，发现小猫已经不在了。母亲告诉他们，姥爷把它带去了乡下，在那儿它会过得更好。而到了第二年夏天，他们到了乡下，小猫同样不在那里。他很奇怪这段往事怎么一股脑都回来了，之前他从没想起过。他们寻遍了大屋的每个房间，又去了畜栏、雇工宿舍和工具棚。它变野了，我们问起来的时候姥爷是这么回答的，它越走越远，直到有一天出去了就再没回来。而姐姐们自始至终没有相信他，她们甚至不觉得那只猫到过乡下。可之后她们在不同的年纪又问过好多次,母亲从来没有改过口。猫叫声又升了个调,更悠长也更愤怒。他有点开始理解母亲了,他不得不承认。他们还是孩子时,她实用的那一面——从田野里学来的近乎残忍的东西——就总让他们觉得恐怖。*快刀斩乱麻*。打小人家就教她擦枪、捻鱼线、屠狗。也许正因为如此她才不喜欢动物。他不知道母亲做了什么,是简单把小猫扔到足够远的工地去了呢,还是已经确保它再也不能回来。他聆听着那愈发凄惨激越的猫啼,把它当成了永无休止的节拍器,时间的又一个量度。他明白,这一夜,他是别想睡着了。

次日清晨,他勉强支撑起双腿,借着阿司匹林与咖啡的力道。他在研究生班的第一节课,对奖学金学生的自我介绍——他都准备多少遍了——充斥着语无伦次的时刻、危险的口误;他不知现场是只有自己发觉了呢,还是说他的疲累也影响到了学生;他感觉周围尽是低沉的目光与介乎同情和怀疑之间的静默。自然,这些都可以在第二天,在下一堂课上扭转:只要一样认真准备,再睡个好觉就行了。所以一整个下午,从系里回来后,他聚精会神地检查笔记,在任何可能埋伏着错误和疑问的地方把冗长的公式又温习了一遍。但他总觉得有种难以继续的昏沉感,头部刺痛。他想再去烧壶咖啡,又怕晚上再度失眠。从窗口望出去,那只猫蜷在井边有阳光的角落。那团润泽之物在日光下旁若无人的宁谧与安详叫他气不打一处来，他一把拉上了窗帘。窗帘很厚，有点褪色，是前面房客留下的，不怎么干净，却令人敬佩地履行着它的使命：屋内漆黑一片。他跟自己说，睡上一觉吧，一个钟头就好，等头不再疼了；他没脱衣服就躺倒在床上，用枕头蒙住了双眼。

吵醒他的是尖厉的猫叫声。他张皇看表，拨开窗帘瞄了眼昏黑的院子。凌晨一点。他定过闹钟，但显然刚响就被他迷迷糊糊地按了，现在已经晚了。他疑惑，不知从何时起，这哭泣声就像条耐心的蠕虫从睡梦内部钻凿着；既然此刻他完全醒了，他自问这样的日子他还能忍受几天。他睡了太久，也清楚自己不可能再入眠。他困懵地坐到摊着材料的桌边。把课备完吧，他想着，但首先得把这钻心的噪音给解决了。他在还没打开的包裹中翻找，寻出一副当年游泳比赛用的耳塞。霎时他感觉自己成功了：那声音像是退到了某个遥远而未知的地方，仿佛阖上了一道屏蔽的闸门。他煮了壶咖啡，准备拾回那些被遗弃的公式，却猝然发现，于持续增强的紧张中，在符号与符号间摇摆易碎的衔桥上，喵声仍在那儿，杵在一切中间。若它只是个一成不变的音符，他估摸着，一会儿也就习惯了，再也感觉不到，自动把它归为宇宙背景噪音中的又一个 ε[①]。最伤神

[①] 数学极限中常用于表示一个很小的正数。

经的反倒是这种悬垂感：它减弱，消匿，给你一阵短暂的沉寂。而听觉却自发地继续专注着，保持紧绷，反射弧坚定地企盼着下一个渐强音。因此，他越是听不见，没法去分辨，就越难以停止去关注。他把耳塞拔了，再次听到它，赤裸撕裂，清晰无比。这样下去可不行，他自语道。不是禁止养宠物么？怎么谁都不出来说句公道话？他一鼓作气地套上鞋子，穿过院子，按下老太太家的门铃。他在夜晚的寒气中等待着，却没听见任何响动，只有猫叫声在里头更加活跃、更加清晰，就像在房子中央搏动着。他气愤地拍起木门，嵌着的玻璃也跟着震动起来。屋里仍旧没有回应。隔壁家的百叶帘倒是拉开了，那位可爱的女邻居探出头来，她散着长发，披着睡衣，脖子整根裸着。

"欢迎来到地狱，"她说，"你这是白费力气，她不会开的。"

"会开的，看我不把她玻璃敲裂喽。"说着他给了那窗框两下。他歇了一秒，又用尽全力砸了起来，这会儿是双拳齐出；木头在猛攻之下嘎吱作响。他把耳朵贴在门上，听到拖鞋摩擦地板的声音。他朝女邻居比了个胜利的手势。小窗开了，他见到老妇那双鬣蜥般的眼睛，她的白发用梳子扎了起来。

"你想干吗？再这么敲我叫警察了。"

"什么叫我想干吗？快让那猫别叫了。"

"猫就是这样的，你最好早点习惯，它肯定是要叫的。"

是因为老太太寻衅的眼神么,还是因为那另一道目光——他感觉得到,它似乎传递着更多的期待——他的火气升了上来;他不想在她面前落败。

"让它别叫了,"他怒吼道,声音甚至吓到了自己,"不然的话,有人会让它永远叫不出来。"

门忽地开了,老妇以侏儒的身躯应战。他一时觉得对方要扑上来。她高抬着下巴,目光直插他的眼。

"什么意思?你再说一遍看看。这是在威胁我吗?"

不幸的是,他已经走得太远,无法回头。

"什么意思?字面意思。你还没发觉吗?要是你不让它闭嘴,有人会用另外的方式叫它闭嘴。"

两人以眼神对峙着,直到妇人抬起了食指。

"小心你的所作所为;我会看着你的。"她砰地关上了门。

她还在一边呢,岂能这样结束?他的爆发在此刻显得那么遗憾,近乎可笑;掷向虚空的恫吓。至少,他想着,她还没拉上帘子,像是在等他过去。他踏出未决的一步,而她以感激的微笑鼓励着他,似乎在迎接他的凯旋。

"终于!终于有人把这些话说出来了。你不知道我盼这天盼了多久。"

她抬起头,仿若真的在祈求什么。当她复将视线垂下,他第一回见到那双眼睛：深邃、灵巧、引人入胜。

"拜托，这会儿别看我，"她说道，语中既有尴尬也有调皮，"我几天没睡了，黑眼圈好深。平日里我都戴着墨镜。"她有些不好意思地低下头去，同时，双手把落到脸上的头发往后拨了拨，直叫他转不开眼睛。尽管为晨衣下若隐若现的内容所撩拨着，他也没有完全丧失语言能力。

"可我说，这只猫从几时开始叫成这样了？一直没人抱怨？"

她泄气地摇了摇头。

"你边上第一栋楼里住的是个老头，完全就是聋的；其他几幢楼离得又远，可能听不太见；所以就我在投诉——你也知道，一个女人实在做不了什么。我都让物业给她去了封信，谁知她又从动物保护协会的法务部弄来份文件；事情就这么不了了之了。"

"那么说来，"他似笑非笑，"我们的唯一出路就是亲手制裁它了？"

他相信复数人称与共谋的口气能帮他迈出第二步。她以叹息作答，听着就像一声惊异的大喘。

"要是谁有胆子的话，"她说道，仿佛已经要求太多，"我自己也想过无数次了。一脚踹飞了它。结果呢？我还是选择了一封信。上帝啊，我们怎么就那么文明呢？"

她巴望着他，恍若在期盼他指出她的错误，抑或证明他是不一样的;沉默中,两人同时听见了再度响起的猫叫声,它从未消失,清晰得像一枚磨尖了的细钉。

"奇怪的是,"他讲,"下午它倒安静得很。"

"下午我在上班呢,"她说,"我就想晚上能好好睡上一觉。不过听另外几个邻居说,确实是这样,下午它就放养在外边,在院里打盹。我就想,是不是老太太晚上虐待它来着,用别针扎它,或者拿它搞什么仪式。你也看到了,她长得就挺凶险。"

他们再度听见了那独一的、悠长的、毁灭性的音符的壮大。她苦涩地瞅了他一眼,把睡衣捂上了些,犹如夜寒终至。

"我想我得回床上去了,继续睡不着。"她说。

他隐约感到曾经有个机会摆在他眼前,却没有善加利用。他决定展开最后一搏。

"要情况还是这样,大概某一天我们就可以一起睡不着了。"说这话的时候他直视着她的眼睛。这有些过分了,甚至可以说粗暴,可刚才不是她在暗示,有时候也需要蛮横的那一面,某些人也可以越过文明的障壁?

她笑了,像是识破了他的企图;在这免费的假设游戏里,她有个更好的提案。

"要情况不是这样,我请你喝香槟。"

窗关上了。他回到房间,回到纸堆前,怀揣着许多要想的,以及所有感官的亢奋。简短对话下的浪涌，眼神添加与强调着的一切，一闪而过的微笑，心照不宣的默契，它们一遍又一遍地传递着相同的信息：是的，他有机会，但首先得完成她托付给他的那个不言自明的任务。她竟可以提出这样的要求么？话又说回来，她真要他去干那个了？不管怎样，那个阴毒的想法已似寻觅猎物的食肉植物一般，自己生出了脉络与枝杈。感觉这并不难。只需等候下午的某个时刻，待她出去购物，或是晚上，她会去给其他流浪猫喂食。可以把小猫塞进大衣口袋，带到足够远的地方去，叫它找不到回家的路。不过，她会接受这个吗，简单的消失？还是说，要像传奇故事那样，要见血，作为祭牲的证明？他又一次记起了她在窗边的形象，光溜溜的脖子，睡衣下毋庸置疑的、全无束缚的波涛汹涌；她又叉手，是自我防备还是突出重点？还有在他注视下她半带嘲谑的笑。诚然，她值这个价；但他真的准备好了吗，走上这样的极端？他关灯上床，没指望能睡着。黑暗中，孤独高亢的悲鸣占据着一切。无意之间，他发现自己思考起了屠猫的种种方法，似乎这是个抽象的问题，薛定谔困境的变体，他可以在课上提出的一个思维实验。他想起了十三岁生日时爷爷送他的那把手枪：单发的，挺粗糙，包银枪管。瞄准时要小心，爷爷告诫他，距离近的话是会打死人的。他用瓶子训练着准星；一天下午，他窥伺着树丛，向一只麻雀开了枪。他跑向坠鸟，怀着好奇与兴奋，只见它慢慢停止了扑扇，胸口直颤，嘴巴无节制地大张着，迎向最终的静止。他被这其中的什么吓到了。他再没有开过枪，也不愿再陪爷爷去打猎。他自问如今的他是否有能力再来一次，此外，鸟与猫之间是否有那么大的差别。到底该怎么做呢？那个想法又回来了，极缓地，绕了个圈。那猫很小。只要掐它一会儿就行了。不过这样它肯定会叫，难以忍耐地叫。也或者下毒呢，远程诛杀，最卑劣的手法。又一些图景出现在他脑中：在老家时，他听说有把猫崽子扼死在桶里的。他的小学同学也吹嘘过用石头砸死或用麻袋闷死猫的经历。他毫无征兆地睡着了。梦里，他见到了爷爷，后者弯下腰，用非他本人而是电视购物主播的声音跟他讲话，就像在推销一件既浅显又神奇的产品：要杀猫吗？快试试你的杀猫枪吧！

他的第二堂课稳健、精确、令人钦佩。他许久没上课了；去年他申请了休业，只为完成论文。而现在，在第二次试讲中，自信回来了，步步推理的冷静与雄辩回来了。他几乎能用肉体感觉到，他如何在论证的隧道中将确信灌入学生们的内心，用论据捻成的坚实无比的线牵起他们的认同。这是本周的最后一节课，他欣然接受了学生的邀请，在大学食堂与他们共进午餐。随后他兴致勃勃地在图书馆寻找几本在写论文时无法找到的书，他相信仍可把它们归进自己主要研究结果的参考书目里。与前晚不同，外头阳光明媚，空气也温热了些，像是春天含羞的初讯。他决定步行回家，只有在经过植物园，当看见那群骇人的野猫时——那里就像是座沦陷的堡垒——他才想起了自己未完成的使命。栅栏边的浅槽中有几只盛着水和食物的塑料碟，是来自此项神秘崇拜的其他信徒的供品。他想，只要把猫拎来这儿就行了吧，这个移动的不成形的养殖场里多一个也不多；它既暴露在人们的眼皮底下，又隐匿于人们的眼皮底下，说不定哪天就培育出某个新的物种。

他到家时，太阳已经落山了，寒气再临，院里见不到小猫的踪影。他不觉得奇怪：最后一束暖光也消逝了，它该是进屋了吧；也或者那老妇把他的狠话当真了，为防不测，把猫关在了房间里。若它一直不出门，他盘算着，那就麻烦了。他刚踏进屋，煮上咖啡，忽听两记焦躁的敲门声。他开了门，是那位老妇；她用控诉的眼光瞪着他。

"我的猫呢？"

他扫了眼院子，很茫然。

"不知道啊，我以为在您家呢。我刚回来。"他采取了守势。

"本来在院里的，"妇人说，"中午我去了趟拐角的中国人那儿，后来就没看见了。你把我的猫怎么了？"

"把你的猫怎么了？我什么都没做啊。我一大早就在系里上课呢，这才刚回来。"

老太太猜疑地瞅着他,后退一步,举起恐吓的食指。

"我这就去其他几家问,你最好是让它快点出现。"

他关上门,一时倍感困惑。他想着,会不会有谁听到了他昨夜的要挟。这是一定的。他吼起来的时候已经头脑发热了,况且之前他还砸门来着。就算隔着窗,所有人也该听见了。尽管那位可爱的邻居是那么说的,夜半哭声打扰到的应该不止他们两个。有人在默默等待时机,以电光火石的速度把猫做了,反让他这个新来的做了替罪羊。这太不公平了,简直令人愤怒,但即便如此,他也不能完全责怪那家伙;说到底,不管那人是谁,这不是一下帮了他两个大忙么?现在他只需静候,等她也以为是他干的就成了。

烧晚饭时,他听见内院里传来高跟鞋的踢踏声;女邻居下班了。他从窗帘边窥探着,看见她开门,点灯,拉上铁帘前还在窗口站了一会儿。她是在看这边吗?他觉得是。他早早上了床,等待响声——都息了,还不敢相信自己终能安睡。没有猫泣的家处于绝对的安静中,连街上的声音都没有,他只觉这宁谧在静夜中化身为桥联结着两人。他猜想此时此刻的她也在被窝里,尚难置信,同他一样;或者大概已经睡了,做着感恩的梦。他不断想象着第二天即将到来的幸福。管他是不是名正言顺,他已经准备好去讨赏了。

他睡得很沉,第二天很晚才醒。去厨房煮咖啡时,他看见门缝下塞了张一折为二的纸。上面只手写的一句话，用问号框了起来①：¿我该买香槟了吗？他浅笑着在桌面上把纸铺平，颇有兴趣地研究起上面的字体——写得挺大，字都拳曲着——仿佛这能告诉他更多关于她的信息。他涌起一股冲动，想回个纸条给她，转念又想：万一那只猫又出现了呢？也有可能今天白天就回来了。于是他决定等等，到她晚上下班时再假装偶遇。中午出去找馆子的路上，他看见老太太的房门开了，就好像她一直埋伏着，就为了截下他。但这次，她的态度有了变化。她双手合十贴在胸口，似乎在求他；她慢慢吞吞地挪过来，弓着背，用这一姿势表达着恭顺与懊悔。

"行行好吧，求您了，"她哀求道，"快告诉我那小猫在哪儿。我保证再也不对它下手了，只要您告诉我，您把它藏哪儿去了。我就这么个伴儿，没别的了：您要还有点善心，就告诉我吧，您把它搁哪儿了？"

她伸出颤抖的胳膊以及长着老年斑、患有骨质增生的手，像是要摸他。他退了一步。

"夫人，我昨天就说了，我根本没碰过您的猫，我也不知道它怎么了。"

妇人的手停在了半道，两眼怨恨地眯着，似乎刚才低头哈腰的

---

① 西语疑问句中，句前用反问号，句末用问号。

屈辱暗自爆炸开来，点起一把不可遏制的仇恨之火。

"我看你这辈子也不够悔的。"她说。

"悔？悔什么？"他答道，同样怒火中烧，"我又没碰过你那只臭猫。"

"前头路还长呢，我们走着瞧吧。"说着，老太太拂袖而去。

下午余下的时间里，他一直在尝试将这次会面从脑中抹掉。在那不明不白的诅咒所带来的烦懑之下——它仍旧历历在目——很矛盾地，他成功的证明也呼之欲出：那只猫没回来；而老妇的绝望更让他相信，它再也回不来了。他把她留下的那张纸展开又合上、合上又展开，但总有什么冲淡着他早晨那种淡淡的喜悦。尽管如此，临近八点时，他仍然决定实施他的计划。他耐心地在门前的便道上等候，半隐在昏暗中，终于看见她出现在街角，提着超市的袋子，脸裹在围巾里。他只需赶两步就能在大门口遇上她。比他想象的容易多了。她任凭他接过袋子，他看见其中一个袋子里探出一瓶红酒。这么说你没买香槟？他问道，假装扫兴。因为我还没确定呢，她顺着他的话回答，一切发生得太快……对她来说就像变戏法一样：一眨眼的工夫猫就没了，就在他们说话的第二天。她还怕不知何时它就回来了。还是说不用怕？她看着他的眼睛。他回望着她。我感觉已经可以庆祝了：就用这酒，就在今晚，他说。她笑了，又说了两句，诸如他样样都快之类，说话间就到了她家门口。她又看了他一眼,既有踌躇也有欢欣。行吧,她说,有啥不行的呢,不过给我一个钟头,我洗个澡,再弄点吃的。

借着酒力,他们什么都说了,也什么都没说。他们谈及她的工作(她是医院里搞化验的,一大早就要值班)、他的实习、他竞聘调研员用的论文,又谈到电影(他们都爱电影);在彼此愈发信任的试探中,他们回忆起少时看过的影片,而后逐渐滑向了最蠢的喜剧,直到两人一道笑了起来,你取笑我,我取笑你。他们讲起各自的童年、城里的生活(她也是小地方来的),在最浅薄的巧合处流连,庆贺这小小的桥梁、似有许诺的征兆,让他们殊途同归。他们越聊越近,顺从着肉体隐秘而决定性的第二次吸引。他们聊到不再聊了。

在她床上醒来时,天还没亮。房间幽暗,但他还是看见了她大睁着的紧张的眼,就像在监督他睡觉似的,又仿佛他身上有什么东西忽就让她警觉起来。朦胧中,他摸了摸她的头发,冲她微笑。但即便同他十指相扣,她眼中的忧愁也并未消散。他打开床灯。"有什么不对劲吗?"他问。

"你起来了,"她说,"你做着梦就起来了,一直走到门口。你说起那只猫,就要开门,把我吓坏了。"

他坐了起来，有些怅然。他以为这在幼年时就永久结束了，不会重来。他几乎再次看到了那时的自己，在姐姐们的搀扶下挪回床上，被走廊的寒气冻得半醒。他强挤出个笑容。至于那么害怕吗？他又一次伸出手去，发誓说他已经好多年没发作过了。他从未想过竟会在这晚复发。我都说什么了？他问她。她略带愠色。你说你要去杀猫。可问题在于那猫已经死了。就不停说这个。他哈哈干笑了两声，重新望着她，想知道发生了这种事，他们还能不能继续下去。你正好醒了，我马上就要出门了。他想他听懂了她的意思，迅速套上了裤子和鞋子，而到了门口，还穿着睡衣的她给了他一吻，像是在挽留他，又让他答应当晚再来一起用餐。

他踏入院中无情的冰冷，尚有些懵。夜色仍然浓重，但当他就着路灯的微光，环绕着水井走时，他感觉那环形的石壁上有黑黢黢的东西正缓慢移动。他走上前去。是蚂蚁，密密的一串，在两片井盖之间的缝隙忙碌，涌向巢穴的内部。尽管他有所准备，掀开盖子时还是差点叫了出来。是那只猫，僵挺着，腿脚直直杵向天空；嘴张着，被蚂蚁塞成了黑洞。一边眼睛眯着，氤出最后一线绿光；另一侧的眼窝已成窟窿。猫颈上箍着两圈狞恶的缆线；他强压胃酸又瞄了眼蚂蚁脚下的死尸，惊恐地发现，那条银色的缆线与他安装灯具用的是同一种。他当机立断：不能把猫留在那儿。不能叫任何人找到它。他脱下外衣，无比恶心地将它包起来，抱到外头；他一手托着它，竭力屏住呼吸，另一只手将井盖轻轻合上，将花盆挪回原位。他窜进家中，径直去了厨房，撑开垃圾袋，把外套连同里面的东西一并掼了进去。他在袋口打了个死结，又神经质地用力拉了拉，生怕里头的死亡溜出来污染了他。他把袋子搁在门口，又钻进了淋浴房。他的手仍在抖，但思考的能力逐渐恢复。那真是他的缆线吗？他想起头天晚上，他把余线装在空箱里，同其他垃圾一道扔了出去，随便哪个邻居都可以捡到它们。而且，这不是五金店里最常见的电线么，谁家都可能会有的。开袋验线还来得及，但他清楚，自己是再看不得那只死猫了。尤其是，看了又能怎样？现在该做的，他盘算着，是把这个袋子扔出去，越远越好，然后把这事一股脑忘掉。他冲完澡出来，听见她上班的脚步声。闪念间他想叫住她，把袋子给她看，将这事和盘托出。可他很确定，她不会信的——或者更糟的，她信了，当即对他冷眼相顾。天亮了，他将塑料袋塞进书包里，走出了小区。他穿过一条条街道，迟疑着在哪里将负累抛下才好，直到他在建筑工地旁一条荒废的小路上见到一辆满载着废物袋的翻斗车。一扔掉袋子他就觉得好多了，甚至有些自豪，似乎他在每个时刻都做出了正确的决断，敞亮的寒天上终于云开雾散。

与她的第二晚比前晚更和谐：一方面，两人都坦诚相对了，卸下所有的防备，首次得到彼此的认可；另一方面，经历了性爱马拉松的他睡得很沉，伏在他胸口的她也没有新的意外。就在这一夜，有什么东西在他们之间签订着，那是深入而忘我的默契，身体的妙约。他们开始一起吃，一起睡——每晚都是——有时在她家，有时在他家。周末他们一同去超市，一同看电影，一同去剧院。尽管两人都是烈性子，反复无常（特别是她，他会这样说；特别是他，她会这样说），他们并不争吵，似乎两人都格外欣赏在对方身上找到的东西，在足够多次失败的试验后，尤其珍视将他们结合在一起的偶然性的拉拽。在这段潜心欢乐、不闻世事的日子里，他本可将那只猫彻底忘却，若非每次他拉开铁门的插销时，那老太太——就像在窗帘后恭候他一样——总会走出屋门，看他走完院里的那几步路，直到他转动起公寓的钥匙。仅仅如此，每天几秒的不适，已足够让他难忘井中那具爬满蝼蚁的僵直的猫尸。一开始他不想在意，甚至还跟她打招呼，却换来两道蜥蜴般的冰冷视线，仿佛她在执行她无限小但无限久的复仇。他某次读到，有个中国教派相信眼神的耗损力，叫寺僧们像观测员一般伏在窗前，长时间地盯着他们的敌手。还好，他对自己说，他有科学做后盾，不怕迷信的荼毒，而且不管怎样，如果这就是结识她的代价，他很乐意去承受。幸而她没再提起那只猫；尽管有两次他差点说出真相，他也怕——很遗憾，这种恐惧同样出自迷信——小猫的死会给他俩的关系蒙上阴影。他认得的邻居越来越多,但即便他向每张新面孔都提过那个问题,也没法得出任何结论:他们看着都那么和善,就像那晚之外的他一样平易近人。

九月初,她说她的租约要到期了;两人不约而同地想到住在一起,搬进他家里,这样可以省下大笔工资。由于他没什么家具,她正好可以保留所有东西——她花大力气购置的,特别喜欢,听到这儿他也心软了。于是,当一切搬运停当,他说,见鬼了,除了左右反了反,他们就像还住在她家一样。其实他一点都不在乎这个,因为她白天几乎都在外面,到了下午,当他独自写着论文,她的各种小物件就会伴着他,给他一种久违了的家的感觉。又一天晚上,那月月末,她说她怀孕了。他一言不发,凝滞着,吸吮它的意味。确定吗?他问,不是跟他说在吃药吗?只见她前所未有地紧张,被逼到了眼泪的边缘。是在吃药啊,可说不定哪次忘了,她的周期又很不规则。她也不明白发生了什么,只知道想把他生下来。她号啕着扑进他怀里。求你了,说话间,泪水沾湿了他的脸颊与脖颈。

她的妊娠伴随着好几种并发症。到了第四个月,因为几次令人担心的大出血,医生要求她卧床静养。她向单位申请了提前休假,一天中的大部分时间都躺在床上,不安地观察着肚子微弱且过于迟缓的成长。他尽其所能地陪着她,但由于两人的家人都不在城里,当他去上课的时候,她只能孤单地度过整个上午。回到家时他总发觉她忧心忡忡、郁郁寡欢，就像存在什么问题只能她自己解决，又像还有什么心事不愿倾吐。那些天里，他问自己对她了解多少。失去了热切而即时的性的联系，即便他们小心规避着争吵，她的有些反应也让他觉得像个陌生人。一天他回来得比往常早，发现她在床上哭，他不断追问才让她道出缘由：是那妇人，可怕的婆婆。从她所在的位置可以望见，每天早晨老太都会从对面的窗户探出头来，躲在窗帘旁，一连数小时地看着她，目光似是直插她的腹部，令她难以忍受。那你不能把帘子拉上吗？他问道。能啊，开始就拉过，可家里就一团黑了，像坟墓一样，太压抑了；而且这也改变不了什么，因为老妇还在那儿站着，一上午都不动一步。那你怎么之前不说呢？他问她。她的神态中写着自尊：他会觉得她迷信，或者想，怎么怀个孕，脑子也变得不正常了。此外，她也不愿让那妇人得逞。她没什么可藏的，不用遮遮掩掩。听到这里，他也将自己与那老妇的过节讲了出来，包括每次回家时老太太控诉的眼神。与他相同的遭遇不仅令她倍感安慰，更是在当下——古怪得很——令决绝以及他未见识过的凶悍归回到她的心田。当他提到搬家时，她根本不愿思考那种可能：她爱这栋楼，爱这个院；她不会轻易认输。于是他买了张沙发床放在厅里，远离那扇窗，朝向早上有光的方向。一切似乎重回正轨。第二次B超照见那是个男孩，大夫让他们聆听他微弱而含混的心跳，告诉他们，最危险的时期已经过去。直到这会儿,听着那慌乱的怦怦声,面对胎儿与羊水清晰的影像,他才真正感觉到紧迫:这就是他将要临到的儿子,会永远成为他生命的一部分。这是她几个月来第一次出门,他请出租司机多在城里转悠一会儿,让她看看光线、运动、人们,随后将他们带去那个僻静的饭馆——每当工资允许,他们就会来这儿用餐。那晚,两人列举着男孩的名字,再次被轻快的欢愉所环抱,仿佛初见时短暂而深厚的牵绊又回到他们中间。最终他们取得了一致,用各种声调大声念诵着所选的名字,就好像那是个一触即碎的器件,在投入使用之前必须经过细致的试错检验。

以防意外,她仍需静养,因此第七个月时,是他在负责挑选小车,购置摇篮。肚子终究描出了根紧实的抛物线,她不时让他摸摸孩子脚踢的地方。到第八个月头上,她不期然又来了次大出血,仔细检查后,他们决定提前分娩,当天就执行剖腹产。进手术室时,她怯怯不语;他套上了护工服和口罩,陪在一边。尽管大夫事先提醒过他们,那初生的胎儿还是让他们惊恐万分,不敢望向对方。不只因为他的大小,抑或比例失衡的脑袋。他的骨骼过于脆弱,皮肤几乎是透明的,能看见器官的阴影、静脉的跳动,就好像新长的肉芽。当护士把他抱起来的时候,他只觉得他要散架。但他哭着、哭着、活着。医生试图鼓励他们。再过一个月就能看到了,他说,哭那么响是好事。

他们一同经受着亲子分离的试炼。探访保育箱的时间总是过短，只见婴儿因为黄疸变成了更加异样的东西、草绿色的疙瘩，宛若神裁法的秘密仪式的又一个阶段。坐立不安的日子里，她展现出他不曾预见的另一面。漫长的萎靡过后，她重新站了起来；越过第一印象的障壁，两人投给这个无依无靠的孩子的爱在她这儿畸变成了某种狂热、无节制的乐观主义，好像她在那个灯下一动不动的婴儿身上看到了为生存而战的英雄气概。而更多关注着每段时期的危险和不确定的他不得不承认她是对的，同时松了口气：他的皮肤终于有了血色，甚难想象的出院日也近在眼前；他们将与孩子一同来到阳光下，启程返家。所有这些埋身医院的日子里，两人全未想到那位婆婆，而当他们从出租车上下来，拔开铁门的插销时，她就在那儿，微开着屋门，好似在守候着。经过时，她本能地护着儿子，避过老妇的视线；他也用最快的速度开了门。到家时孩子还睡着，她万般轻柔地将他抱进了摇篮。两人手握着手，久久倚在一块，望着那张安睡的脸，也留意着床单的微颤，仿若他在呼吸即是连绵的奇观。晚餐时分，当她看着火，而他摆着盘子时，婴儿首次哭了起来。她叫他顾着点菜，走到摇篮边抱起了他。她摇着他，跟他说话，但他还是哭个不停，声音又短又尖，像在惊叫一样，什么都没法让他安静下来。他靠了过去，只见他紧握着小拳头，哭得连脸都抽搐起来。他们把医生教的招全使了一遍。她一次又一次地把乳房送过去，可他就是不要。他们看过，尿布也是干的。他们给他量了体温。她唱了首小曲。第一个钟头里，他们还在互相劝慰：孩子刚醒，发觉这地方他不认识，肯定得等他慢慢习惯。他调暗了灯光，放起舒缓的音乐。可他还在扯着嗓子地哭，极尽哀怨，令人心烦。作为尝试，他也想抱抱看。她把孩子递给他，他抚摸着那张因使劲而涨红、变形的小脸。婴儿战抖着，蜷起身子，痉挛一次比一次厉害，就像在用只有一个音符的语言诉说着一件再清楚不过的事。而当他重新抬眼，寻求她的帮助时，他见她一动不动、神情怪异，像是在孩子身上发现了什么吓人的东西。没听出来么？她说，你仔细听。两人静候他吸了口气，抽了一下，哭声再起，持久而尖厉。还没听出来？她道，这是猫叫啊。他将孩子放回摇篮，转身面对她，毛骨悚然。她的眼睛兀自转着，闪着疯狂而焦躁的光，如同掌握了行进的真理，被不可阻挡的力量所占据。他想过去抱她，而她哭倒在他怀里。是那老太太，她说，从一开始就是她，现在又做出这样的事情。不会的，他抚着她的头发，都说了，早产儿，器官还没长好呢，气管短，哭声才那么尖。她猛地挣脱他的臂膀。你干吗不肯承认呢？明明就是那老婆子，这点你和我一样清楚。

孩子的哭闹钻凿着耳膜，吵架也变得无比艰难。他再次俯身抱起他，无助地在两个卧室之间来回转遛。不可能的，他心想，总要哭累的吧。然而一个钟头过去了，孩子仍在无止境地挣扎叫喊。她没再说话，像是彻底放弃了让他停下来的打算。她若有所思地坐在床边，仿佛在筹谋另一个计划。有一瞬间，他惊惶地发现宝宝的脸发紫，便叫她来看。不能这么下去，得带他上医院。那是当然，她说道，眼神迷离。她让他带宝宝去医院，她得留下，有更重要的事等着她去做。他担忧地瞅了她一眼。什么更重要的事？她抬起头，阴阴地笑了一下，像是在叫他放心。你不冲杯椴蜜茶睡上一会儿？他问。他一两个钟头就回来了，到时再慢慢讲。行啊，她答道，她会照做的。他来到街上，招了辆出租车，心里仍在惦记着她。他钻进车里，复又端详起裹在毛毯中的孩子：他的脸变蓝了，哭泣变为短促的呻吟，呼吸从小嘴的细缝中停了又起，追寻着下一口气，就像一台全功率运行的机器此刻却空转起来。司机在第一个路口转了弯。小孩病了？不知道啊，他回答说，就是哭个不停，都两个小时了。车开起来就好了，司机说，我第一个孩子也是，你知道有多少次我大半夜拉他出去转么，就套着件睡衣。他没接话，还深陷在那无法解读的破碎的低吟中。医院很远，他感谢一路清静。也或者司机说的有道理呢。当他们开上那条纵贯城市的大街时，一份极小的、仍旧怯生生的期待也显露了出来。汽车匀速前行，驶过一个个绿灯，在那轻柔安定的行进中，似乎婴儿的啼哭也降了个调，渐渐让步，即便还在哭，也失去了最初的猛烈、绝望的焦炙，只余下单弦的无机质的残骸。他不禁自问，坐车是不是真有催眠作用，还是因为他们远离了家、远离了老妇？他努力驱除着这个念头，不愿被扯上她预设的陡坡。他焦虑地关注着孩子逐渐微弱的颤音以及那张小脸每次痉挛时的抽搐。意外地，哭声停了，彻底止住。他又等了几秒，仍难以置信，直至见到他呼吸时胸口的律动、舒展的面容，做起安详而沉熟的梦。他用指腹触碰着他光润的颊际，感觉到——无法控制地——两团宽慰的泪水涌上眼眸。司机回头瞅了眼酣睡的婴儿。看我说什么来着？不过这孩子可比我家那个顽固。都开那么久了，这才睡着。那我们还去不去医院了？还是给您拉回去？

返程途中，司机的话他一句也没听进去。尽管前边有人叽叽喳喳，他又能思考如初了。他得说服她离开那里。今晚就走。他们得带上家当，先去旅馆凑合两天，直至找到另一个住处。家里有笔应急的款子，旅馆不贵的话至少能撑一个礼拜，到时她也该恢复理性了，一切亦将重归正途。

他轻轻推开房门，想着她该睡了，却看见厨房的灯亮着，隐隐传来水流声，像是有人在洗盘子。他把熟睡的孩子放进摇篮，转回去找她。刚瞧见她俯在水池上的背影他就感觉不对：她手上戴着的不是橡胶手套，而是乳胶手套，实验室里用的那种；她正聚精会神地洗着一把菜刀，家里最大的那把，把肉放进冷柜前总得先拿它剁碎。听见他的脚步声，她半转过身，他看见她衬衣一侧有一大摊血。

"行了,"她说,"都搞定了。宝宝是不是睡着了?"

他点了点头,目光仍停留在那双手套上。她眼里还闪着躁动的光,声音却平静了,语带满足,像是及时完成了一项艰险的任务。她将刀刃拿到灯光下左右翻看,又用海绵将它擦拭了一遍。他甚至不敢迈出向前的那一步。她都做什么了?他好不容易问出口。就那些该做的啊,她说,好让他们有个正常的孩子,好让他像正常孩子一样哭。要不然他觉得宝宝是怎么睡着的呢?是她解放了他啊。她一把拧上了龙头。干吗这么瞅着她?不用担心,没有人看到。她一路跟着老太太到了每晚送猫食的那个建筑工地,街上一个人都没有。她一直等到她蹲了下去,所有那些臭猫都围了过来。她连叫都没叫一声。细心的她早就戴上了手套,摸出了她的钱夹,好伪装成抢劫。现在好啦,万事大吉,她说,她唯一不明白的是,他怎么还在这样看她,她以为他会为她感到骄傲呢:说到底,她所做的,先前他对那只猫不也做过么?

到这会儿他才有所反应。我什么都没做啊!他吼道。那些语词飘在空中,似乎她还不急于赋予它们意义。他见到她令人痛心的质疑的面容,仿佛他以背叛斩断了他们秘而不宣的羁绊。为什么此时此刻要来骗她呢?她问道,他为什么这么做?因为这才是事实,他说,有人勒死了它,但那人不是他,他确实将计就计了,可是他真的没碰过那只猫。

她狂笑起来。这会儿她信了,发自内心地想笑,遏抑不住。这一切不是相当搞笑吗?她说道。也许是这歇斯底里的笑声吵醒了宝宝。他先是咳出一个喉音,半噎着的,当俩人本能地冲向了摇篮,他挥起小手,皱起小脸,开始了啼哭。那声线,当然,与之前完全相同。又短又尖,极尽哀怨。她也没全错,他想着,疯管疯,她还是说对了某些东西:真像猫叫。因为知道没用,谁都没有要抱起他的意思。

上帝的阴沟

我再次想起了那件小事,当史蒂芬·霍金在不久前的一次采访中称,物理学将很快——也许就在下一个十年——给出宇宙零时刻的数学解释,建立起宇宙统一理论的时候。

我再次想起了——当记者不可避免地问及上帝将在其中扮演的角色时——卡茨教授的宇宙学课以及他在学生心中播撒的恐怖。卡茨曾在牛津就读,师从罗杰·彭罗斯——霍金的论文导师。他在短暂回归阿根廷期间,曾于精密科学学院讲授宇宙学,作为物理专业本科必修的科目。他迅即因高速的板书、写断粉笔的气劲以及非人难度的练习而走红。他要求他的助教必须是数学系毕业生,而帕布洛·马林——当时我和他走得很近——应聘成功。在大学城的酒吧里,帕布洛向我津津乐道着卡茨的讽喻和学生们面对公式时的绝望,特别提到一个女生,年纪比别人都大,在这门课上已经挂了两次,每次答疑都会如影随形地跟着他,将所有题目挨个问一遍,神经质般地执拗。

四个月过去了,又到期末考试。帕布洛将最后一次答疑定在了考前的一个小时。那天中午,我们一起在酒吧用餐,忽听秘书处叫他,说是有个电话。回来的时候他脸色异样:是他前女友打来的,后者恰好经过布宜诺斯艾利斯,想再见他一面。他请我一刻钟后去班里通知学生他上不了课了,说完便大步流星地赶往车站。我又点了杯咖啡,坐了十五分钟,随后朝教室走去。讲台边只有一个女孩,紧张地踮着脚,抱着本黑色的活页夹:这就是帕布洛所说的那个女生。我走上前去,见她夹着文件夹的胳膊在抖,拳头紧紧地捏着,像是隐藏着什么;她的下巴抽动着,仿佛下一秒就要打起牙颤。我不得不告诉她,帕布洛来不了了。她一时惊得喘不过气,话都说不出来。紧接着,她乞求似的看着我,把我当成了救命的那块木板。说不定你能帮我呢,她问道,你也是学数学的吧?没等我回答,她便匆匆打开了夹子。里头的练习有个奇怪的标题:上帝的阴沟。可能是卡茨的又一个讽刺吧,也或者是物理学家对奇点[①]约定俗成的叫法。题目下方则是我有生以来见过的最艰深的算式,第一条便占了三行,其中我只认得两到三个符号,我估计一个小时只够我看懂注释。我重新抬起头,还没来得及说话,她已经发现她最后的希望破灭了。我见她战栗着,先前悬在一边的拳头抽搐着握紧

---

① 宇宙起源研究中的定义,及大爆炸瞬间前的那一点。

了。那一瞬间我如石化了一般：一道鲜血从那拳头里、从指缝间流了下来，无声地滴落在地板上，而她似乎毫无察觉。我一把抓住她的手腕，未等她反应，就用另一只手扳开了她的指头。这个物理系学生藏着的、攥着的乃至嵌进她掌心的，是一枚耶稣受难像的金属的尖端。

理发师会来的

仍是清晨，身穿蓝睡衣的男人——现在人们都叫他老爷子了——刚在畜栏里待了快一个钟头，在给她的兔子喂食。他来到花园，植物间有他的妻子，他在她旁边一棵新移植的仙人掌前弯下身子。一绺凋萎的灰发落到他眼镜上。他手指是脏的，只得勉为其难地用手背拨了拨，而它立马又掉了下来。得理发了，他说，两人就此事商量了一会儿，然后一致认定，出门太危险。此时距离家中遭袭不过三个月，卧室的砖墙与防弹气窗上还留着扇形的弹孔。这段时间里，四散各处的组织艰难地筹到了构筑工事的款子，为他砌起外墙，加装了水泥屋顶，把木门换成了带电子报警的铁门，又新建了三座哨塔以监控附近的街道。不仅如此，他们还在哨塔间拉起了刺绳和防手雷用的铁丝网。这个炎热而富有异域风情的国家的政府——全世界唯一肯接纳他们的——因让其受袭而羞愧，将警卫的人数增加了两倍。尽管如此，他知道自己难逃此劫。我是军人，不久前接受某报采访时他这样说道，我能察觉到，所有的好牌都握在我对手那边。他也清楚,他是那代人中仅存的一个,其余的都已去到他们应有的归宿。他很孤独,他的妻子写道,我们走在这个热带的花园,被额上有孔的亡灵们所环绕。家成了堡垒,没错,但堡垒也是监狱,永远别想出去。不用担心,他跟妻子说,交给我吧:理发师一定会来。

男人进了家门,沿走廊去往他更加私密的第二监室:书房。路过孙子的卧室时,他照例把门推开一条缝,等候片刻,直至看到孙子呼吸时胸腔的起伏。这孩子在袭击中被打伤了一条腿,不过魇夜已逝,如今的他又能睡到下午,被梦与童年所庇佑。谢瓦是他的儿孙中唯一活下来的,其余三个,一个接一个地:死,死,死;他们也已成为亡灵队列中的一分子。

在书房里等着他的有那摞报纸、打字机、阅读用的夹鼻眼镜与划过重点的剪报:他得为傍晚的美军动员演讲准备提纲。只有吃午饭时他才停下了手头的活:他别过谢瓦——后者要上学去了——又问妻子能否叫个理发师来。她点了点头:下午不知道什么时候,理发师会来的。

午餐过后,工作又开始了。此刻的他埋头于——他希望是——他的终极著作,详尽的大事记,他最后的揭露。时间过得很慢。到了五点,门口传讯说有个访客。是理发师吗?不:是杰克逊,他秘书的男友。他是临时说来的,但他还是走到花园里迎接他。那是八月，正值雨季，杰克逊出现时夹着件叠好的雨披。这是他第一次见他孤身一人。他是不久前经秘书介绍进的圈子，大家都觉得他挺讨人喜欢：他送了谢瓦一架小滑翔机，用他的巨型别克干起了接送的活计，尽管他一开始像是只对体育和汽车感兴趣，逐渐地，他也离运动越来越近。他是来辞行的；去纽约前，他给他带来了个小小的惊喜：他的第一篇政治文章，针对的是"第三战场"理论。能不能麻烦您瞧上一眼？

两人进了书房，老爷子坐到他的扶手椅上。至近处有口述录音机与打印纸，弃在纸卷旁的是他的点二五口径自动手枪。在桌子抽屉里他另存了把左轮，柯尔特点三八。两把枪都上满了子弹，每把六发。老爷子推了推眼镜，俯身念起第一页。杰克逊靠了上去，仿佛想从背后跟随他的阅读。老爷子未能看见他手臂的抢动，却听到自己脑袋开花的巨响，感到狰狞的铁锋嵌进颅骨。一个看护听到一声骇人的嚎叫，持续了很久，半是吼，半是哭。老爷子试图与杰克逊搏斗，头颅中涌出的鲜血开始将蓝睡衣染红。守卫来了，围殴杰克逊，直至把他打得鼻青脸肿。老爷子倒在地上。同样倒在地上的——就在书柜边——还有杰克逊行凶用的铁制冰镐。他妻子到了，万念俱灰，在等救护车的同时尽可能地为他止血。随后是谢瓦，他放学了，正朝书房中探头张望；老爷子嘟囔着请人把他领走。终于，救护车到了，载着他穿越城市，警笛呼啸。抵达医院时，老爷子的左臂瘫了，右手画着奇怪的圈，不能自已。你怎么样，妻子问他，失魂落魄。"好多了，好多了。"他被抬上了担架，准备开颅手术。一个穿白大褂的拿着剪刀过来，从他脑后铰下了第一缕灰发，它沾着血，在担架上轻轻坠落。老爷子苦笑着看了眼妻子。理发师来了，他低声说。[①]

[①] 列夫·达维多维奇·布隆施泰因——时年六十岁，更为人所知的名字是莱昂·托洛茨基——未能从袭击中幸免，于次日，即1940年8月21日离世。刺客拉蒙·麦卡德尔在假名杰克逊·莫纳德的掩护下，通过托洛茨基的秘书渗透进了他的圈子。
本文所有资料均取自阿兰·杜格兰德等人所著的《托洛茨基，墨西哥，1937—1940》，该书于1992年由二十一世纪出版社在墨西哥城出版。——原书注

秘　密

我不想再玩了，我跟我哥说，我要看爸爸的照片。我哥过来，一言不发，慢慢地踮着球；我从不晓得他什么时候会打我。死基佬，他吼道，开始对墙踢球。

我进了妈妈的房间，穿着毡鞋。要进妈妈的房间必须穿毡鞋。我踩着椅子，从壁橱里把相册抽出来。我去了客厅，客厅里烧着火炉。我听见车库里球撞到墙上的轰响。我哥从不愿看照片。

我在毯子上翻开相册，从头往后看。我爸小时候，穿着短裤，跟我哥一模一样。我爸和爷爷，在海滩上举着一只蟹。我爸七年级的时候，拍得有点糊，和校足球队一起。我爸在学生节的野餐会上，与全部门的人一起。我数着人头，三十八个：所有人都认识我爸。我爸踩着球：校际联赛最佳射手。我爸穿着西装系着领带，接过中学毕业证。我爸在桥上，抱着个长发姑娘——必定是我妈。我跳过结婚的照片，结婚的照片无聊得很。随后是我爸留着大胡子，在量妈妈的肚子。接着劳拉出现了。我爸摇着劳拉。我爸喂她吃饭。我妈又怀孕了。一张妇婴保健院的照片：我爸和劳拉站着，妈妈躺在床上，刚出生的双胞胎姐妹一边一个。之后是双胞胎的照片。

车库的墙还在震。我哥可以一连几个钟头对着墙踢球。一个好的十号应该会左右开弓。这是爸爸告诉他的。

双胞胎的照片完结，我哥的开始了。我哥的照片多得要命，占了相册的一半。后面都有标注，我爸的字迹。我不看它们，不想看。这就快到末尾了。最后我总是盯着同一张照片，海滩上那张。六八年一月于内科切阿①，背后写道。我哥坐在我爸肩上。劳拉秀着铲子。双胞胎微笑着抱在一起。妈妈坐在树荫下，挺着大肚子。有我爸的最后一张照片。

我听见钥匙插进锁孔。妈妈下班了。又在看照片啊，她问。但这并非责备。她走近了些；这是我们唯一一张全家福，她说。每次她都这么说。

妈妈去烧晚饭了。我把相册放回壁橱。从椅子上下来时，我哥站在门口。他不让我过。我想冲过去，但他抓住我的肩膀，下一秒我就在地上了。大外刈②，他说。

---

① 阿根廷一海港城市。
② 柔道中用右腿在对方右腿后用力钩挂，使对手向其左后方仰身摔下的技术。

我感觉我在落泪。我跑向厨房。又怎么啦,我妈问。我说胡里安骂我,还打我,他用柔道摔我。妈妈转过头去。我知道她不会训他。她从来不训他。妈妈在做蜜桃冰淇淋。她给我一勺凝乳。可她没训胡里安。

我去找睡衣,想洗澡。胡里安在卧室堵住我。所以小屁精现在会告状了,是吧?他把我的胳膊拗到身后,直到我求饶。求谁呐?求您,亲爱的胡里安大爷。他像是收了手,但我正要出去,他脚一绊,手一推,我感觉我又倒地了,无力抵抗。大外车①,他说。

我在跌倒时擦伤了双肘,左胳膊冒了点血。我扑到床上大哭起来。门铃响了。不是劳拉。是双胞胎,刚从音乐学院回来。劳拉又跟哲学家出去了,她们告诉妈妈,边说边笑。妈妈叫我吃饭。我不想吃饭。有蜜桃冰淇淋。我不要蜜桃冰淇淋。我要自杀。劳拉终于回来了。我听她问起我。我听她跑过走廊。她打开门,坐在我床上。她叫我讲给她听。我拿磨破的手肘给她看。我又哭了。我问她为什么,为什么妈妈从来不训他?我说我要自杀。

劳拉捧着我的脸。她很认真。你知道你在说什么吗?你可知道你在说什么,她重复着。劳拉回了厨房,给我取来些冰淇淋。我吃着冰淇淋,她用奇怪的表情看着我。跟你讲个秘密,她说,但你

---

① 柔道中把右腿伸向对方两腿后,用钩挂的力量把对方摔倒的技术。

得向我保证。劳拉又变得异常严肃。我跟你说的事，永远不能告诉胡里安。永远不能。永远永远。能保证吗？我点点头。劳拉开始了讲述。

在内科切阿的那年夏天，他们在一个大公园前租了套房子。那时胡里安五岁，常去公园玩。一天晚上，妈妈叫他吃饭，发现他不在家。大家都上街去了，到处喊他。但他哪儿都不在。于是爸爸去了公园。劳拉和他一起。她不停叫着我哥的名字。爸爸没说话。他默默走着，一语不发。临近半夜，他决定回家。胡里安已经回来了：一位女士发现他在公园的另一头独自玩耍。爸爸紧紧地抱着他。他没训他，他什么也没说，像个哑巴。

当天晚上，他得了心肌梗死。第二天，他死在医院里。

劳拉讲完，又让我发誓，无论在何种情况下，永远别对胡里安提起这个。我们不知道他还记得多少，她说。走之前，劳拉望着我，像在迟疑。你想象得到，你想象得到吗，她问我，听到这事会对他造成多大伤害？

劳拉走了。我想起我爸。我死去的爸。我哥进来，开了灯。我把枕头垫起了些，看着他脱衣服。是他的错，都是因为他。我瞧见他裸露的胳膊、强悍的躯体。一种不同的恐惧淹没了我。明天他还会揍我。在我从地上喊出那句话以前，我还能忍受多少击打？

救　命！

欧盟刚成立那会儿，我到维也纳参加一次数学大会。我的演讲结束得很早，所以有一整个周末任我支配。我从《周游世界手册》上读到布拉迪斯拉发①离这里很近；在好奇心的驱使下——我挺想看看昔日的社会主义国家②如今是什么样——我决定搭夜车过去：周六就在那儿待着，周日可能去对岸的布达佩斯。

冷夜，闪着霜。我坐的大巴，珍珠灰色的，像是二战的遗物：嘎吱响的车厢，垮塌的天篷，寒风从关不严实的窗缝里渗进来。即便如此，伴着旅途的颠簸，我打起了盹。到边境时已是子夜，我被聚光灯耀眼的强光刺醒。大巴停在岗亭边，两个哨兵拿着手电筒上来检查护照。当我将证件递过去——宛若置身噩梦，他们用干涩、凛冽、无法解码的斯洛伐克语向我重复着同一个问题，每一回都比

---

① 斯洛伐克首都。
② 1993年1月1日，斯洛伐克宣布脱离捷克斯洛伐克社会主义共和国。是年11月1日，欧盟成立。

上一回更响。忽然,其中一个以霸道的手势命令我起来;我把行李搬下车,在吐着黏湿舌头的猎犬的簇拥下被带往关卡。在那儿,一位佩着军衔、戴皮手套的官员翻开我的护照,手指叩着纸页,用英语让我拿出签证。我压根没想到这茬——一个月来,我从这个国家跑到那个国家,没出过任何问题,直到这会儿才记起还有签证这回事——只得用身上所有的欧元交了罚金,办了张临时通行证。作为交换,我得到几枚斯洛伐克硬币和一个电话号码,是让我第二天打的,好将通行证的有效期延长二十四小时。随后,刚才那两名哨兵又把我押了回去。我在迷惑与厌烦的目光中坐回到位子上,还有些发蒙,尚未完全意识到我已身无分文。此时,栏杆升起,大巴驶入这个陌生的国度。

我订的酒店在主广场附近;穿过旋转门,走上松软的地毯,我心想这比预计的要豪华多了,也因此——对于兜里只有这么几个子儿的我——显得如此危险,甚至有种被勒迫的感觉。为开通客房电话,我不得不把信用卡寄放在前台,当大堂经理拿着它在机器上滑过时,我浑身一阵不确定的寒战:从现在起就全指着这张方形的塑料片了。我没法确定里面还剩多少钱,说实话,在脑中快速过了一遍我在旅途中肆无忌惮的消费后,我都怀疑那张卡付不付得起当晚的住宿。我发誓第二天醒了要再打一遍求助电话,问问能不能紧急扩充额度。所有这些都没能阻止我——一进房间,刚把那厚重的双层窗帘拉上,将脑袋搁上枕头,我就进入了磐石般的沉睡。那时我还年轻,怀着游客所特有的幸福的盲信:不会真碰上什么坏事的,如果我只是途经此地。

次日醒来,已是十一点多,早餐早撤了。看表的当下,我便想起——宛如一副将人压垮的重担——我有两个电话要打。即便最理想的状况,今天剩下的时间也得耗在办理手续上。我念着客房话机上的英文说明;试了好几次了,明明有拨号音,却总也打不出去。这只能说明一件事,我忖度着:他们不知从何处侦测到我的卡内已无余额,为防万一,干脆切断了我接通电话的任何可能。我换上衣服,下到大堂,向一位服务员问起——带着些许预备好的愧色——我的电话为什么打不出去。答案显然与我担心的无关。哦,那台机器呀,服务员说,以前也出过相同的问题,下午他就派人去修。可关键在于,我说,我有两个重要的电话必须在中午之前打完。于是他指了指位于前台和通往客房的大楼梯之间的众多柱子后的一台公用电话。可以用那台投币的打。此外——他补了一句,为了让我不那么沮丧——这样可以省不少钱。我将边检给我的硬币掏出来给他看,各种颜色和大小的。这些够不够?我问道。他的微笑中夹着险恶:应该够吧,当然,也取决于您通话的长短。

我穿过长长的回廊,朝电话机走去。正当我挑出一枚有皇冠图案的钱币准备塞进槽里,一个生着澄莹大眼的女人陡然出现在我身边；她贴了上来，目光如炬，轻声乞求道：救命！救命！我吃惊地看着她，完全想不到她是从哪儿蹦出来的。难不成是躲在柱子后头？我第一眼的感觉是，这个女人，毫无疑问，曾经很漂亮，且就是不久以前的事，尽管如今看着有些早衰：脸色虚弱，皮肤接近透明，细小而残酷的皱纹将五官向下扯，似一张半揭未揭的假面。她极其瘦瘦，形同枯骨，疯长的发根在残存的染剂下无情地揭示着真实且在不断蔓延的苍灰色。一双大大的眼睛，碧润碧润的，含着某种催促，宛若无依无靠的孩子；表情中却总有什么让人心酸。她穿着条干净的裙子，长袖的，因过多洗涤而磨损，恰似即将龟裂的第二层皮。尽管如此，她全然不肖乞丐，倒像个优雅、温柔、有教养的女子，经历了某场意外的灾祸，或者根据她的头发和衣装判断，更可能是一连串旷日持久的厄运。我用英语询问怎样才能帮她，她猛然做了个沮丧的手势：不要英文，不要英文[①]。我尝试用西班牙语与她交谈，但她只是反复比画着，一言不发，难过地摇着头。救命！救命！她又喊了起来，语气愈发急切，尾音像羊叫似的拖着。我从打电话用的硬币中拣出一个给她，她看着有些沮丧，仿佛这并没什么帮助，但还是收下了，将它放进口袋，权当在表达她的善意、对我的鼓励，也给我一个信号：就把这当作我们理解的开端；

---

① 原文为英语。

而后,她又一次翘首以盼,无望地试图朝我微笑。钱,她明显是不屑的,对我则无比重要,我不敢造次。她见我不再有新的动作,颤抖的左手搭上了我的胳膊;她用同样撕裂的语调再度哀求道:救命!救命!

我抱憾摊手,以世界通用的肢体语言告诉她我没钱了,转身拨起电话。而她向前蹭了两步,又一次挡在我面前,双手合十——差点没跪下——用她因焦灼而沙哑的喉咙重复起那句求告:救命!我复又望向那双眼睛,既蕴存也放逐着过往的眼睛。就在我迟疑着、被眼中晃动的最后而致命的一闪擒住的刹那,她相信自己见到了胜利的微光。她一把拽住我的手,指了指二楼楼梯平台上的一扇小窗,轻扯我的袖角唤我跟上,似乎有什么事只能单独和我讲。我随她上楼,她在窗前停下;她牵起我的双手,无助而焦急地按着它们,仿佛想用肉身将她无法诉说的一切传递给我。她摇着头,再次复述着——她的声线愈加粗沉热烈了,还夹着亲密的语调:救命!我觉得我懂了:我把她拉到胸前,在一股突如其来且无法解释的冲动的驱使下,吻上了她的嘴。那一刻我感觉到她的踟蹰:她僵硬地杵在那儿,一动不动,却也没有当即抗拒。我就像抱着个鬼魅,失重的魂灵,全无骨骼,似是要溶解在我怀中。我体味着她嘴唇粗糙而半带推辞的摩擦;最终,她的口——我不曾放过它——妥协了,向我的唇开启,可当我探出舌头,搅动的却是虚空。怪异,崩坏。我想她是不是用某种方式把舌头缩进了喉咙深处,因为我寻到的就只有令人迷惑的虚无,仿佛这女人根本就不存在,或是已从里边被整个掏空。我张开眼,明白她任我亲吻也许只是在履行另一种礼节,并未完全委身于我;就如先前接受硬币一样,她只是想告诉我,我们确在正途。我退后两步,又一次打量她。她不像在生气,也没有其他任何表情,似乎这只是场小小的误会,不应瓜分她对主旨的关注。救命!救命!她再度呼喊着,声音变甜了,首次流露出鼓舞:无疑,那一吻为她注入了一丝希望,此刻的她坚信我会听取她的请求。以如此娇昵而急切的方式——就好像她不知道这帖巫术能在我身上停留多久——她起劲地把我拽向了走廊尽头的一间小屋。嘘,她走两步便提醒一次,同时在无人的回廊中转过头来,确认我还跟着。她在一扇门前停下脚步,用指节叩了两下,推开了些,紧张地伸手邀我进屋。我在半开的门前愣了一秒,但她从背后推了推我,直到我迈出第一步。床没铺,很乱,上面躺着一个十八九岁的小伙子,赤着脚,穿得很随便,在看电视。地上有纸杯和食物的残渣,用摊开的报纸权当桌布。我一进去,小伙子就起身把床让了出来,似是他已熟习的规矩,而后冲我微微一笑,意义模糊。他很高,面容粗鄙,也有些笨拙,像个尚未完全习惯竖直姿态的鲁钝的巨人。他失焦的眼神,尤其是那怯懦忸怩的笑,让我怀疑他是不是个轻度的智障患者。

女人甩出两个短句,匆匆把床单捋了捋,忐忑地冲我笑着,双手请我躺上去。小伙子默默退开,到了我身后,靠门站着。我转头,不可避免地看见他——这真是个弱智么?——用庞大的身躯堵住了房门;我不敢确定。女人又抖出一串短语;她的手势像在说,不用顾忌。她反复比画劝我躺下;见我站着不动还想开溜,她尖叫着阻止我。她自个儿爬到床中央,掀起裙子,张开干瘦的大腿。救命!救命!她又声嘶力竭地喊起来,将内裤褪到一边,展示着阴部的那条裂缝。我石化般地盯着她右手的动作;她拨弄着两片阴唇,翻开,露出红色的内部。于她指间,我也见到了——遗憾而扫兴——她枯萎消沉的阴毛,已经全白了。我不禁后退了两步。女人手指愤怒的环行好比催眠,然而那撮哀伤的白毛只令我无端厌恶;我仿佛窥见了她真实骇人的衰老、延染千年的颓朽。

我转向屋门,女人用她的语言嚷了句什么,扑过来,想从床上抓住我的胳膊。她哭号着,以被绝望扼住的最后的沙哑:救命!见一切无可挽回,我已背过身去,她又吼了一声——这回是朝着她的儿子——我只能认为是让他拦住我。我到了他身前,他毫无让步的迹象,笑容消失了,如今他的脸上只剩粗鲁。只见他迟疑着,有些木然,不知该不该服从,而他母亲仍在愈加凶猛地呼喊着同一个指令。那一刻,我鬼使神差地想起了小学里上过的唯一一堂防身术课,我略微仰头,将所有惧怕都倾到砸在他面门上的那一击。只听一记骨头的挫响，小伙子大叫一声跪了下去，双手捂鼻。血从他手指下喷涌出来，川流不息。我冲向锁扣，拧开了，用门扇带着他躺卧着的身躯，拖出一条足够出去的缝。有什么让我停住了脚步：小伙子就地哭了起来，手还捏着鼻孔，对着自己的鲜血嘶叫啜泣，像婴儿受惊一般伤心。女人已跳下了床，正蹲在他身旁，试图用裙角为他止血，同时将那颗大脑袋揽到膝头。她从那儿看着我，碧绿的瞳孔里射出刺人的凶光。她像是说话间就要站起来，把整张脸伸向我，面部在那束燃烧的视线的映衬下有些变形。她细弱的脖颈弯成弓，抬手指着我，用因仇恨而发抖的声音慢慢吐出一句阴毒的诅咒，继而又重复了两遍，像可怕的女先知一样举着手臂。

我不清楚那句咒语的内容，不过它或许已经应验了：无论我去到哪里，是国内还是国外，每逢有人向我抬手要钱，我总会看见那双碧绿的眼睛，听到那句令人作呕的叫唤，仿佛我再不能将它从听觉中抹去：救命！救命！

护犊之母

一

我还清楚地记得初次见到他们，是在雷纳托和莫里亚娜的公寓里，那也是我头一回受邀来到他们最核心的小圈子。当时正值这对金童玉女主编的文学杂志的第二还是第三期发刊，前来庆贺的都是知名作家，或是像我这样，怀揣两三个短篇的候补者、尚无台词的群众演员、甘拜匣镧的青年听众，随时准备为雷纳托刻薄的讥诮拍手叫好，在莫里亚娜表面无辜实际更具破坏性、如延时引爆的炸弹般悬在空中的评论前五体投地。

我早就听说过——当然，都好几次了——洛伦佐·罗伊：雷纳托的发小、慷慨的画家，时常帮杂志绘制插图，还曾为某次抽奖献出过他的一幅原作；他用他已成标志的摇把状胡子为画作签名；抽象表现主义最后的莫西干人，这是雷纳托给他下的定义。我也听说，每次提起他，他们总会强调他的天才；是时他尚未被除此圈以外的人士认可，这点显得尤为扎眼。但即便是那会儿，我也没有幼稚到发现不了，雷纳托和莫里亚娜口中的"天才"实际是种泛泛的、甚至是无意识的称赞，在赐予别人此项荣誉的同时，他们也将它颁给了自己：他们的朋友，自然应当天赋异禀。因此，一到他家，刚登上楼梯，我便在前厅驻足，观赏起壁炉上方洛伦佐于二人结婚时赠送的那幅大型画作——他们谈起它已经不是一次两次了。我想独自看看它，摒除我所听过的一切赞美。我试着以一种平和的心态欣赏它，只凭感觉，任由那愤怒的蓝色涡流在静默中与我对话，以画布自证，将我打造成又一名信徒。然而至近处的欢笑与杯盘声对此几乎毫无帮助；莫里亚娜很快过来领走了我，因为她想把我介绍给某人。

"出类拔萃，不是么？"说这话时她往后瞟了一眼，有些内疚，像在遗憾自己已习惯了每时每刻都坐拥画作在眼前，如今见它反倒不怎么当回事了。"洛伦佐应该快到了，我要跟他说，你在这儿看他的画看得一愣一愣的。"

"洛伦兹！我都多久没见他了。"听到她的话，埃米利奥说。这是圈子里的元老之一，杂志初创时就在了，年纪比雷纳托还要大些。当时他正在倒酒，便用瓶口指着我们："我没听错吧？他是一个人来呢，还是有人陪着？"他故意问道，朝雷纳托转过身去。好几颗脑袋抬了起来，眼眶里闪烁着好奇。

"他刚来过电话，说他们要晚点到。像是和她在一块儿。"雷纳托看了妻子一眼。

"谁是这个她呀?"克拉丽塔替所有人问了,"这会儿总该告诉我们了吧。"

他们曾在玩笑中提起过她;其实他们对此也知之甚少,因为这本来就是最近才发生的事。她叫席格丽,至于是挪威人还是丹麦人,他们不能确定。她是学海洋生物学的,来阿根廷是为了研究鲸鱼在南半球的迁徙,可一到阿根廷她就抛下了一切,开始潜心绘画。她和洛伦佐是在圣特尔莫的一次群展上相识的。

"然后呢?"克拉丽塔说,"又是个嬉皮?她多大?"

他们不知道,但怀疑她没满三十,因为洛伦佐不肯说。

"不到三十!可他都五十了不是吗?"埃米利奥的妻子惊叫起来,"再下去他是不是要找中学生了?"

"对年龄差异我们倒是不能有任何意见。"雷纳托说道,用的是公允的语气;他看了眼莫里亚娜。我发现他总爱提及她有多年轻。我不知道这是不是在间接暗示那些老围着他转、苦寻着专题文章素材的女学生。现场就有两到三个,眼里仿佛只有他一人。

"不管怎样,他算是准时到了,"莫里亚娜这会儿突然严肃起来,用预言家的阴森口吻说,"我觉得他又要……"

话到一半,她做了个难懂的手势,收住了口,就好像周围所有人都知道她说的是什么。此时,门铃响了,莫里亚娜下楼去开门,客厅里一片满怀期待的肃静；耳朵都削尖了，朝向大门的位置。是他们；她将两人带上来，一路是欢迎与喝彩、同楼梯和鸣着的哄笑。我首先看到了洛伦佐，他在呐喊声与拍脸声中与旧友们拥抱。他就像放大版的塔拉斯·布尔巴①，和善、快乐。他的身体洋溢着一种原生的力量，如扩散的热浪倾倒在众人身上。在他粗厚的花白胡子——它们好像在他的脸侧飘扬——上头，是那双一笑就眯起的眼睛。他的头发向后梳着，稀稀拉拉，割出灰色和白色的纹理，在颈部束成一绺。他身着当时塑形艺术家惯常的装束：宽大轻便的条纹长裤，拖鞋，略带加勒比海风的白色外套。他又高又胖；而她，我猜归根结底还是在地球的对跖点上选了个维京人。他谦和地同我握手，俯身听取了我的名字，继续问候着在我之后的其他人。而她，席格丽，落在了后边，被女人们的殷勤话绊住。不能说她给我留下了多深的印象，无论是从什么角度；我没有感觉到任何先兆性的不同寻常的震动。她真的就像他们所描述的：一本正经，准确地说是学究气；刚从漫长的大学生活中走出来，讲着一口怪异的西班牙语；爱模仿——至少在穿戴风格上——洛伦佐所属的这个五彩斑斓却有些破衣烂衫的圈子。她皮肤极白，眼睛是玩具娃娃般的澄蓝色，浑圆浑圆，对于罩衫之下保守的身材来说未免太过诱人。看

---

① 俄国作家果戈理所著长篇小说《塔拉斯·布尔巴》中的哥萨克英雄。

得出，少女的身形已开始弃她而去，实际上，从逐渐变粗的上臂开始，最后刚性的轮廓取代了原本的柔弱。残酷的年龄相对论。她在他们眼中或许还算年轻——若是现在的我一定也会这么觉得——但记得当时我还不满二十五岁，只觉得这是个过时的女子，岁月毫不留情地把她催胖了。许是因为她仪态中光洁的那一面——她的衣着全无夸示，她边缘艺术家的形象也无懈可击——我对她唯一的感觉就是：与洛伦佐不同，她应是出自豪门。

他们没待多久（打从一开始众人就注意到他俩只是来祝个酒，之后还得去赶另一个场子），但莫里亚娜还是千方百计为我争取到了和洛伦佐面对面说上一会儿话的机会。有她在场，我只得重申了我对那幅画实际尚未酝酿出的崇敬之情。他和蔼可掬地认真听着，用两根手指捻着胡子尖，像在给一组精微的机械上弦；某一刻，不知是出于感激还是确信，他递给我张请柬，是他在一家新近落成的画廊举办的个展。除此之外我还记得：干杯前，莫里亚娜请我拿香槟从餐桌另一头挨个给客人斟上，当轮到洛伦佐时，他用手盖住了酒杯。不了，谢谢，他说，我都喝一辈子了。随后他给自己倒了杯苏打水。这就是莫里亚娜没说出口的、除我之外人尽皆知的秘密。没到五分钟，我就看到席格丽从另一拨人中跟他打了个手势，虽是偷偷地，却很是强硬，让他即刻就走。这回换由雷纳托送他们下去。等待雷纳托重新出现在楼梯口的当儿，现场是心照不宣的寂静，目光交叠。

"好了：下注吧，"克拉丽塔说，"这个能坚持多长时间？"

二

我是在开展后两三天去的，本想着在那儿能碰见雷纳托、莫里亚娜，以及像闹腾的小火车一样紧随其后的杂志随员，但那儿只有不多的几个人，零零散散的，手持招待用的酒杯，仿佛一场盛宴还未开始就已到了尾声。我问洛伦佐发生了什么。最后时刻雷纳托和莫里亚娜接到邀请，到蒙德维的亚去了，他说。他看上去伤心失望。他说他是专为他们定的这个日子。至少，他告诉我，雷纳托还给目录写了几句。他把那本硬皮的大书拿给我看。杂志圈的人也来过一些，但都去参加诗歌朗诵会了，谁也没留下。听他跟我讲着这个的时候，我注意到席格丽在远处看着我，眼神近乎指控，似乎在让我为所有作者的举止负责。她像是在放有酒瓶和酒杯的桌边忙碌着，没有过来。我莫名产生了为其他人赎罪的想法；我得留下，仔细欣赏每一幅画，询问细节与技法，在每张新作前假装崇拜。我感觉，在陪我逛着的同时，洛伦佐也重新振作起来。他本想把所有大画集中展出的，他告诉我。真的，尽管只是大些，但上墙的效果相当震撼。他的风格，他解释道，严格意义上不算抽象表现主义，而是更贴近波洛克①的行动绘画。他很少用到画笔。他讲起他在不同部落里见到的原住民仪式,舞蹈与绘画的结合,向画布传递节奏或脉动的企图(确实有一幅有着渐变红色线条,叫作《血流》)。他把我带到一幅画前,那显然是他最得意的作品。为找寻线索,我瞄了眼标题:《被遗忘的解剖学》。有一系列错位的点、线、褶皱和纹理:映射,他说,身体每个平面与凸起的映射;他用躯体盛满颜料,形成一块巨大而多彩的画板。我走近另一幅画,唯一令我真正感兴趣的:画面是螺线形,在保有几何模型的同时,也暗示着某种双关的、肉体的东西,就好像肃穆的数学法则溶解在了与纷乱的生命欲求相接的模糊的边缘里。我评论说,他的螺旋让我想到了达西·温特沃斯·汤普森②;在我一晃而过的理科生涯里,我曾在数学分析课上查阅过他的书以及他为动物角蹄中的螺线绘制的图例。此语一出,就好比我提到了某个共同的亲戚,让我们瞬间成为家人的意外巧合。我一直觉得此类偶发且有些荒唐的联系才是铸造友谊的火花,我几乎看见此时此刻它就在我的面前煅烧成型:他的双眼被幸福点亮了,就像有什么不可思议的偶合,应当蕴含着更多寓意。他说,他恰恰就是看了那本书才有了一系列关于生长几何学

---

① 杰克逊·波洛克(1912—1956),美国抽象表现主义的先驱,著名的行动绘画艺术家。
② 达西·温特沃斯·汤普森(1860—1948),苏格兰动物学家,曾将自然历史与数学相结合,发展出了一种研究生物进化和成长的新方法。

的尝试，而最终完成的就只有这幅而已。他从未想过还有谁，特别是像我这个年纪的，会读过一本如此古老的书。不仅如此，他还从中借来了他仅有的生物学知识，首次与席格丽搭上茬。一高兴，他把我领去见她，跟她讲起此事。他一边说着话，她依稀微笑着；我能感觉到，她并未完全放下她疏远的态度，仍旧把我当成某个可疑的人。洛伦佐指了指桌子，低声说，她挺郁闷的，因为她准备了一堆丹麦点心，都没人吃。她是个很棒的厨师，他告诉我，就是太较真了：准备这些花了她近一个礼拜的时间。于是，面对一长串非凡点心的我准备重现我在画作前自愿上演的壮举：我一盘一盘地试吃起来。涂了猪肝酱的酸麦面包，鱼油炸制的切片吐司，心儿特别红的肉丸，烟熏大西洋鲱切段——每块上面都装点着生蛋黄；古兹耶姆①的日出，在席格丽的注视下，他提示着我——他看见我马上就要被吓退了。桌子中央的餐盘盛的像是主菜：臭鳟鱼②。我勇敢品尝了所有的菜肴，竭力称赞了它们，尤其是手工啤酒，同样出自她手，我喝了好多，许是为了在每口食物之间冲散味道。然而就连这样都没有改变她的立场。那会儿我想，她是察觉到了我的过度反应或是我在某些菜品前的疑惧，而现在的我更相信，她从一开始就下定决心要把洛伦佐从我们当中分离出去，这伙人无意识的失礼无疑

---

① 丹麦一港口小镇。
② 在北欧诸国流行的由河鳟发酵制成的食物。

向她提供了完美的口实；而我的存在就像个恼人的例外，使她少了站得住脚的论据，也从某种程度上摧垮了她的计划。

三

婚礼——对婚礼的剖析——占据了数场聚会的主题。他们只请了圈子里的元老，但在杂志圈接下来的几次集结中，我们这些剩下的人从雷纳托和莫里亚娜那儿听到了完整且添油加醋了的版本。他们讥讽着——那是当然的——一切：洛伦佐不知从哪儿扒出的西服，都扣不上了；她为礼服挑选的印花；她的发型（还戴了花环！）；又大又奢侈的场地，总共就请了这么几号人（她那边一个都没有，就洛伦佐老家来了两个亲眷）；食物，又是她独自准备的，没让任何人搭手，就像巴贝特之宴①一样。干吗那么急结婚呢？某时某刻，克拉丽塔问起来，莫不是她……？她想，她也想的，雷纳托说。他们从婚礼上得知，她并非不满三十；归根结底，她都三十五了。她整晚都在谈他们的头生子要取个什么样的复合名字。生物钟都开始嘀嗒倒计时了，这才来找了我们的阿根廷斗牛，雷纳托品评道。洛伦佐唯一的问题就在于他儿女太多了，有人补了

---

① 出自丹麦女作家伊萨克·迪纳森（1885—1962）的小说。小说中，一对丹麦姐妹收留了由巴黎避乱而来的女子巴贝特。巴贝特原是法国餐厅的名厨，在幸运获得法国巨额彩金后，为回报姐妹，亲自掌厨奉上了一桌法国大餐。

一句。这会儿莫里亚娜才告诉我,洛伦佐在之前的婚姻中曾有过五个孩子。离婚的时候孩子还小,前妻把他们一并带去了美国,洛伦佐得节衣缩食的每年才能去看他们两到三次,到后来孩子都不认识他了,也不愿说西班牙语了。那场离散真叫他伤透了心:有整整一年,他也不画画了,每天晚上就是来他们家吃饭,一边吃一边哭。但还算走运,莫里亚娜挥了挥手,像是把过去一股脑地甩了,跟这姑娘在一起,他也算开启了一段新生活。说到这儿,她若有所思,似在忧虑什么。你觉得席格丽这人怎么样?她冷不丁问我。您觉得呢?我反问道。我们都笑了,心怀鬼胎。不过也公平,她说,我感觉她也不怎么喜欢我们。她严肃起来,缓缓地摇了摇头。她总觉得这女孩有什么不对劲的地方,但具体是什么,她也说不好。婚礼上,她又提到,她家一个人也没来;是住得远,可那也挺奇怪的。还有那些菜。也不知道为什么,她皱起鼻子,我对烧菜烧得那么勤的女人就是不感冒。对啊,成天拿个勺在锅里不停地搅啊搅,我说道。我们又一次敞怀大笑。

直到几个月后的另一次聚会我才再度见到洛伦佐。他一个人,眼神有些迷茫,似乎失去了与旧友间的随便。关于妻子为何没来,他给出了一个所有人都觉得假的理由。新婚生活怎样?有人问他。挺好,都挺好,他挤出个机械的笑容。现场一片难堪的静默。在我看来，洛伦佐似乎感觉自己必须说点什么。真的，他说道，一切都好，只是……他从内心努力着，不想让即将出口的话显得太过严重，却又找不到合适的词来让它变得轻松。只是什么？……莫里亚娜试图帮他一把。洛伦佐两手一摊，终于坦言：只是她老怀不上，有点紧张。

女人们面面相觑。她是不是太急了，克拉丽塔表示不解，这才没几个月啊……我也是这样讲，洛伦佐说道，可她已经想去看医生了，还翻这书翻那书的。埃米利奥从桌子那头跟他挤了挤眼：怎么了洛伦兹，久疏战阵了吧？这不现在有新体位了么，洛伦佐答道，还挺不容易的。我们都笑了，只有雷纳托即刻意识到了他的所指。别告诉我她已经在测体温了？还让你用祷告式？洛伦佐点了点头，有些难为情。没错，祷告式，他说，我还不知道叫这名字呢；我就在那儿翻来覆去地祷祷祷，但就目前看来还没什么结果。这时他的手机响了，洛伦佐接起来，只见他几次三番地点头。就走了，就走了，他重复着。他挂断电话，站了起来。不好意思，他向大家告辞，我得回去了。使命在召唤你啰？还得继续操练？洛伦佐尴尬地笑了笑：真不该告诉你们的。好好干，洛伦佐，这可关乎我们国家的面子，有人来了一句。加油，洛伦佐，雷纳托说道，别让我们失望：潘帕斯的地里要好好杵上我们潘帕斯的桩。

我再次看到他是在雷纳托新小说的庆功会上，仍旧在他们家。时值仲夏，夜晚热而沉静，聚餐的地点移到了阳台上。还是这帮人，加入了雷纳托文学班的几个学生。洛伦佐又一次独自前来，却隐隐给我一种感觉，初见他时的那种快乐回到了他身上。他一手拎了瓶香槟。我们得干两次杯了，他跟雷纳托说着，把瓶子举了起来：一来，庆祝你新书发表，二来……你的祷告应验了？雷纳托问他。洛伦佐点点头，带着舒心的自豪。雷纳托拥抱了他，其他人也都围过来祝贺。她现在什么感觉？克拉丽塔问。幸福，幸福着呢，洛伦佐答道。她让他等到第三个月再说，可他总愿意先和我们分享。起瓶塞的当儿，提问接踵而至：你们还会待在这儿吗？会不会搬家？埃米利奥问道。这又是另一个重要消息了，洛伦佐说。他们正在找房子。席格丽继承了笔遗产，希望孩子能出生在一栋复式的小楼里，要带阁楼和地下室的，和她小时候一样。他们已经在看了，但在布宜诺斯艾利斯这样的屋子并不好找。接下来的时间，话题转向了小区、平方米、旧房、二手房。真是今非昔比了呵，洛伦佐，莫里亚娜感怀地说，你也住进豪宅了。劳伦斯爵士[1]，埃米利奥调侃着，毕恭毕敬。那分娩呢？女人中有谁问，你们找好大夫了吗？知道去哪家医院吗？洛伦佐摇了摇头，仿佛这才是真正难办的

---

[1] 原文为英语，"劳伦斯"是"洛伦佐"对应的英语名。

问题,唯一让他担心的点滴。还没商量好呢,他说,因为席格丽希望在家生产:她想把当初给她妈接生的老婆子请来,她是用她的奶喂大的。老太今年能有七十了吧,也算是她在世最亲的人了。我跟她说我感觉这样不好,但她坚称在当今的斯堪的纳维亚几乎人人都是这样干的。

宾客们分成两派,就在家分娩各抒己见,而当酒杯斟满,又复归和平。洛伦佐给自己倒了杯苏打水;莫里亚娜拥抱着他,亦未能阻止他流下热泪。为孩子干杯!雷纳托祝福道。酒杯同时举起了,响应着他的邀约。为孩子干杯!所有人齐声唱和。

四

那年二月,我结识了费尔南妲;不期然间,我的生活有了翻天覆地的变化。不久,雷纳托和莫里亚娜以最令我难堪的方式认识了她:我们从公寓酒店出来的时候被他们撞个正着。是时她在一家律师事务所见习,那旅馆就在她单位附近。我做着介绍的同时,雷纳托就把她和那些觍着脸贴着他的女学生等同起来,继而热情高涨地勒令我把她带去杂志聚会。我当然没理他,不仅由于我本能地想让她与他牧神[①]的把戏保持距离——尽管他对此毫不遮掩,也或者

[①] 希腊与罗马神话中,半人半兽的牧神是创造力、音乐、诗歌与性爱的象征。

正因如此，它们仍在结出骇人的果实——也因为费尔南妲除了午餐时分纯粹性爱目的的交会之外，实在是我此生见过的最不像女朋友的女朋友。说真的，尽管排除了她已婚的可能性，但我总怀疑，在她心目中，我只是类似二号种马的存在，只是我太感激了，且乐在其中，以至于全未担心过此事。她从没请我去过她家；我们每次约会，不是在那个酒店就是在最高法院附近人家借给我的一间狭小的办公室里，想着就来了，甭管是什么稀奇古怪的时间。即便如此，当三月份她拿到了哈佛法学院的硕士奖学金，她还是希望我与她同行。这次我同样没多问（估计另外那位出于种种原因没法陪她），用雷纳托在临别晚宴上的话说，我拽着她的裙摆，跟去了波士顿。我在美国的这几个月里，尽管给杂志投了好些稿子，也跟他们保持着邮件联络，却一直没有听到——虽说我的确也没问——关于洛伦佐的消息。只记得一个编辑顺带提过，他们找了个新的插画师，因为洛伦佐正潜心于他的新作：一组基于孕期 B 超的系列画。

在美国，我与费尔南妲的所谓关系只持续了一个月，然而我自费在那儿待到了年底。我教了段时间西班牙语，给无数花园修剪过草坪。我从一家旅店搬进另一家旅店，裹着二手衣服，学习拉丁黑户的所有生存技巧，只因心中那份愚蠢的自尊：我不愿先她一步回到阿根廷。而待我终于返国，在第一次杂志聚会上，我将我的冒险经历和盘托出，让他们乐了好久，直到这会儿，当见到大家重新齐聚一堂，我才想起洛伦佐的儿子应该已经出生了。我问了起来，众人的沉默中夹杂着讪笑与克制的讥讽，仿佛他们早就准备告诉我这事，只是不知道该由谁来开始。对，生了，没错，雷纳托小心说了一句。然后呢？我问，一切顺利吗，孩子正常？孩子正常得很，莫里亚娜憋不住了：不正常的是她。此语一出，犹如听到冲锋号，所有人一道打开了话匣子。他都三个月大了，还从来没上过街呢：席格丽说布宜诺斯艾利斯的空气太脏，出去会得病的。她还说他怕光呢！有人补充道。是真的，莫里亚娜证实道，她一直让他待在黑暗里，洛伦佐想给他拍张照都不行。只有他俩见过他，也就一次，还是有洛伦佐的哀求席格丽才放他们进去。是那老巫婆开的门，接生的那个。屋内一点儿光都没有，孩子躺在个特旧的摇篮里，还盖着白纱！席格丽坐在一旁，跟条警犬似的，还叫他们用酒精擦手，也不晓得有什么意义，因为很显然，她是不会让他们碰他的。她掀开纱巾，把他抱起来，于一米开外向他们展示了一下；一秒后，借口孩子还得睡觉，她又将他放了回去，从脖子到脚盖好。我们走的时候，她装着要哄他，站都没站起来。洛伦佐说她可以一天到晚不离开孩子一步。长得像不像他？我问道。据洛伦佐讲还挺像的，可我们怎么知道？莫里亚娜说，又没带手电筒。还有呢，还有呢，克拉丽塔撺掇着，快给他讲讲浴盆的事。雷纳托点了点头。洛伦佐快被席格丽逼疯了，她在欧洲见过一种像子宫一样的小澡盆，就叫她老公去弄。澡盆四壁是软的,能保持恒温。买来以后,每天下午她就把自己和孩子一起关在浴室里,黑灯瞎火的,一连几个小时地泡在澡盆里。还有疫苗的事呢!埃米利奥的妻子提醒大伙。她不让孩子接种疫苗,雷纳托说,他长那么大还没做过任何检查呢。洛伦佐都拿她没办法了。可两人一吵起来,她就告诉他,她是学生物的,有那奶妈在就够了,而且绰绰有余。我早就跟你说了吧,莫里亚娜以胜利者的口气炫耀着,这姑娘不对劲。

最后这句话倒着实没让我惊讶:莫里亚娜把谁都想得挺坏的,一视同仁,就好像她是一贯正确的阿波罗一样。但洛伦佐如此放任他妻子,不和她争执,这是我没想到的。当我问及此事,他们互相瞅着,也都想不明白。洛伦佐觉得这是暂时的吧,毕竟她也是头一回生孩子,雷纳托替他解释着。他跟我们说,他前妻生第一胎时也有过一段过度保护期。至少上次见他时他是这么想的,莫里亚娜说道,但到了这会儿,他可能已经不好意思告诉我们了。我们好久没有他的消息了。

五

近一个月过去了。回国后,我在议会区租了套小公寓,开始寻找固定工作。几乎没人知道我的电话,所以那个星期天的夜里——已经相当晚了——当它响起来的时候,我觉得十分诧异。是洛伦佐。雷纳托和莫里亚娜把我的号给了他。他想请我帮个忙，一个大忙，但必须当面跟我解释。他可以过来，地方我选，不过越快越好。他的话断断续续，介于焦急与绝望之间，差点听不出来是他。我们是第二天见的面，就在河间街上的一家咖啡店里。他瘦了不少，且蹊跷地变小了，缩进了自己的皮肤中，像只漏气的玩具熊。他的眼里似有什么东西熄灭了：他看上去老了许多，紧张地把胡子尖拧个不停。他说他一直睡在街上。几天前他跟妻子打了一架，想出门走一圈，让自己静一静——因为那会儿他"看什么都是红的"——然而回到家时，席格丽已经把锁换了，还报了警，再没让他踏进家门。他刚收到张传票：她向法院提起了离婚诉讼，要求得到孩子的单独抚养权。讲到这儿，他声音压低，近乎羞耻。提到孩子时，我看见他的双手因无奈与愤怒而不停地颤抖。这才是她的真正目的，他说，把孩子夺走，据为己有；说不定她现在就在计划如何将他永远带回她的国家。他抬起手，用掌沿按着双眼，像在驱除一场即将复归的噩梦。他们有没有跟你讲过，他问我，她对那孩子有多疯狂？我说我了解了些，从上次杂志聚会上听来的，不知有几分真实、几分夸张。全是真的，他颓唐地答道，还有更糟的，只是他不好意思谈论细节；他知道雷纳托和莫里亚娜得知之后会如何取笑他：这一切只不过充实了他们的谈资。他一直很有耐心，他告诉我，把所有耐心都算上，还不止。可上个月……事情变得一发不可收拾。她不再与他说话，仅用丹麦语跟她安插来的那个老太交谈，他成天听到的就是他一点都不懂的该死的绕口令。她们似乎在密谋什么，一定与孩子有关。如今席格丽在摇篮边安了张床，晚上就睡在那儿，一刻也不跟宝宝分开。但最后的争吵和动手又是因为另一件事。他发觉那孩子怎么都长不胖。是母乳的问题，很显然，因为他前妻在生最后一胎时也有过类似的状况，然而席格丽一直不愿招认。直到有一天，她不得不坦承他是对的，可即便这样，她也无论如何不肯买药店里的母乳给宝宝喝。她说她自己会解决，她的专业就是哺乳动物喂养，她会准备一种比奶更有营养的药剂，据称模拟的是胎儿在子宫内吸收的物质。她不想告诉他是怎么做的，只给了老太一张手写的配料单，随后就把自己关进了厨房。那是种黏糊状的东西，闻着像肝，色泽介乎棕色与血红之间。见席格丽把第一勺那玩意送到儿子嘴边，而他扭过头去，洛伦佐终于憋不住了，抢过调羹，把孩子从座椅上抱了起来。他要带他去看医生。他要让医生开些合适的食物给他。这要求很过分吗？他们大吵了一架；当他转身朝门口走去时，她扑过来，如愤怒的野兽挂到他背上，抓伤了他的脖子和脊梁。

他翻开衣领，给我看那两道肿成紫堇菜色的疤。她徒手弄的。他把孩子放到地上，生怕她把他也挠了，而后顶了她一下。只是顶了一下，他向我发誓，也没用力，就为了把她弄下来，因为她还在抓挠，只不过这会儿的目标换成了脸。但她跌倒了，不幸的是他下手太重。她的嘴唇出了点血。她从地上朝他笑着。她看了看手背上的血，弯起嘴角。那个笑他永远都忘不了。这回你是真的别想再见到你儿子了，她是这么跟他说的。正是这句话让他两眼充血，他知道如果再待在那儿的话，他一定会把她杀了。但他保证，他只是用背顶了她一下。而她后来跟警察说的完全不一样。可悲的是，他们信了：她是白人，又是老外……她告诉他们，他喝醉了。这不是真的！不是真的！他握紧拳头，像要砸在桌上，但他控制住了。不过，他说，那天晚上从家里出来后我倒是真喝了。七年来头一遭。我心都死了，怕自己做出什么蠢事；我两手都在抖。那也就干了瓶威士忌。就一瓶。酒吧里的人都知道。而且是之后，不是之前。他一时凝噎，仿佛心里有根绳子断了。他双手合十摆在桌上，抬眼看我，形容凄惨。这会儿，他说，你一定在想，我干吗要告诉你这些。我没有家了，身无分文，眼下就要开庭了，我连律师都请不起。这两天雷纳托和莫里亚娜让我住在他们那儿，讲起你认识的一个姑娘，好像是个律师？你能不能替我跟她说说——这真是帮我大忙了——请她给我辩护，好让我重新见到我儿子？

我愣了一秒。难道雷纳托和莫里亚娜没告诉你吗，我跟她干了一仗，后来就没再见面了？洛伦佐点了点头，难掩沮丧：听说了些，但他想，即便是这样，我说不定也可以给她打个电话讲讲这案子。若她是个好人，一定会同情他的……你能不能打打看呢，哪怕就是试一下？这是他想到的唯一的办法了，也是他最后的指望。但费尔南妲，我丑话说在前头，她可不是搞婚姻法的。洛伦佐耸了耸肩，表示这也认了，似乎意识到，所有可能性都站在了他的对立面。行，是律师就行，他说，万一她破例接了呢。孩子的处境很危险。只要你说起来，我相信她会怜悯的。

六

下午余下的时间，我盯着那本记有费尔南妲电话号码的通讯录，想不到要怎么开口：一听是我，她就会挂的吧。最终我决定掏出那把万能钥匙：好奇心。接起我的电话，她显得并不惊讶，也没有如我预期的那样立刻挂断。她只是佯装无精打采，没什么兴致，又有些急躁，仿佛有另一个电话要打进来。我想问问她硕士顺不顺利，回国后过得怎样，可她干巴巴地截断了我：找我干吗？我想见你，我说。不过是为了件别的事，跟我们没有半点关系，我连忙澄清道。谁是我们？她语带讥讽。我只得装作没听见。真的，我说道，是想咨询点法律方面的事。那可太糟糕了，她告诉我，我永远不会接手你的案子。不，当然不了，我说，不是我的案子。她肯定会感兴趣的，但由于涉及的问题太微妙，没法提前在电话里说，只求她腾些时间给我，半个钟头就行，而且——那也是必然的——我已经准备好付钱了。撇开一切，你应该清楚我在专业方面有多么钦佩你，我低声下气道，发生了那种事我仍旧想到打给你，正是因为在我心目中只有你才能……省省吧，她打断我，免费你是想都甭想了。我们约好第二天见面，就在她事务所附近的一家咖啡店里。这么说你还在那家干？我问道。嗯，不过现在我算合伙人了，她的语气中透着骄傲：赚的是之前的三倍。那你呢？她问了一句。看来，我思忖着，她也没在等电话嘛。我租了个房子，还在找工作呢，我答道，我就在想，要不要把我修草坪的国际履历好好开发一下。我几乎看见电话那头的她无法自制的一笑。很高兴你找到了真正属于你的职业，她说，这样一来，你也算没白去了。

次日，她轻蔑而冷峻的态度变本加厉，近乎显摆。迟到十五分钟不说，将将跟我蹭了蹭脸，她就躺进了椅子里，看都没看我一眼，随后如翻转沙漏般告诉我，在她回办公室前，我有半小时的时间。她什么吃的都不想点，于是我俩面对着面，各拿着杯斟满的咖啡。我有九个月没见她了，尽管可以说她与那会儿无甚不同，但时间的细工着实让一切起了变化。如果先前——由于亲昵，由于密切，由于曝光过度——我几乎看不到她，好比一个人总对至近的事物视而不见；如今，时间——伟大的分隔者——将她置于远处，重新组合，教我目睹着那个整体；所及之外的总是痛苦地清晰。又一次（就像第一次）我防备尽卸，臣服于她亦近亦远的身躯。我再度感受到了那具胴体施加在我身上的力量、无可抵御的磁性。虽说她小心系着扣子，但那绷紧的衣纽、若隐若现的乳罩的轮廓、桌面下膝盖不经意间的碰擦，已经足够让我（就像第一次）挺了起来。感谢文明的福祉，即便在这黏腻的二月，我们身上也有所遮盖；下面再怎么憋屈，我还是强装镇定，尽可能有条理地把我知道的复述了出来。

实际上也确实有改变；我刚开讲，她就从盒子里掏出眼镜戴上了——总觉得有些不搭调——就好像在玻璃后头能听得更清楚似的。说话时，我全程追踪着她严峻俏丽的双眼的动作——被凸透镜放大了——以及她时不时露出的气愤的表情，仿佛她从心底里反对此事。尽管如此，她还是让我一口气说完了，全未阻断我。当我结束讲述，她靠到椅子上，拿下眼镜，思索了几秒。没什么意思，她对我说，干吗要帮一个打女人的家伙？他只是顶了一下，我说，而且当时他都气不过来了。你怎么知道？就因为是他跟你讲的？难道你不知道撒谎对于酒鬼来说是再平常不过的么？就喝了一小口，就顶了一小下。我首先会看警察的报告。还得查查他之前是为什么离的婚。我无论如何都不会为一个打妻子的人辩护。是这样没错，我承认，但万一他说的都是事实呢？她又躺回去想了一会儿。要真像他说的那样，那也很难赢。你也清楚，我不打必输的官司，她告诉我。她的眼中闪过一丝讥诮，但我再次决定对它视若无睹。可这是为什么啊？我抗议道，就没有什么法律手段能让一个婴儿免受疯子母亲的侵扰么？有啊，她答道，剥夺她的抚养权。可难点恰恰就在这儿。我得从法官的角度看问题。任何一个家庭法官拿到这个案子会怎么想？一边是有教养的北欧女性，不缺学历，不缺钱；由于是初产妇，很自然地对阿根廷的医院抱有不信任感，想遵循她母国的习惯，在家里生养；或许是有点过度保护吧，但总体来说，在当下对孩子也构不成什么危险。而另一边呢？一个波西米亚式的艺术家，五十多了生活还没有着落，有酗酒史，被控有暴力行为；作为父亲，凑不够钱去探望其他儿女，无法维系与他们之间的亲缘关系；如今连住处都没有，更别提抚养孩子了。

那还有呢？我无法认同她的说辞。永远不带孩子上街又怎么讲？还把他关在小黑屋里，不给打疫苗。还有那恶心的糊糊。我每说一句她就摇一下头。没有能站得住脚的论据啊。说不定那小孩真的对光过敏呢。这得专门做鉴定。而且她肯定会说，她也想带他出门啊，但不是得让他慢慢习惯亮的环境么。一直在家，都消过毒了，也就不需要打疫苗。她准备的那个胶糊从科学角度上说正是该阶段婴儿能摄入的最有营养的食物。也或者她会干脆全盘否认。那就轮到他来举证了。只见费尔南妲低头看了眼时间。现在怎么办？我问她。不知道，我不喜欢输，况且这不是我的专业。她不耐烦地吁了口气。不过这样吧,把我的电话给你的朋友,让他到我办公室来一次。我先去看看调查报告。要是我确定他说的句句是真,我会把案子转给我们这儿新来的一个实习生,看她能不能做点什么。我会就近看着的。这样他也可以少花一半的钱。

她在我的感谢声中起身。我随她走到街上,就在她身后一步,看着她的背影。从咖啡店门前可以望见那栋酒店式公寓被树干所遮蔽的隐秘入口。她不自主地跟随我的视线。想都别想,她说;她走得很快,似乎想尽快甩开我。

七

几天后,我回到家,发现电话答录机上有洛伦佐的留言:他"无限"感谢我帮他联系了费尔南妲,同时告知我,她已经接下了他的案子。我没敢立即回电:我尚未在职场上立足,先前的积蓄也快花光了,特别害怕他就律师费向我借钱。将近一个月都没有新的消息;因为一次不幸的争执,我跟杂志圈疏远了,再不能指望雷纳托和莫里亚娜的信息源。这段时间里我几度想打电话给费尔南妲,不过是为了别的目的,但每次都被她在咖啡店门口最后那句鄙弃之辞堵了回来。直到三月中旬的又一个星期天,大清早的,电话铃再次响起。是洛伦佐。他首先就这个时间点向我致歉,因为他必须保证能找到我。他重申了对我的感谢,同时坚持,午后要到我这儿来：他有份礼物给我，算是惊喜，想必我会喜欢。此外，在律师与诉讼交杂的地狱中也传来了好消息，但他更希望当面告诉我。下午我有没有工夫接待他？

我从窗口看见他走过来，汗流浃背，上气不接下气。他奋力背着的——像只英勇的金龟子——是个用木制纸包裹的巨大方形，应该是他的一幅大画。如果他还住在雷纳托和莫里亚娜家，我估摸着，他是扛着那玩意走了近二十条街。我下楼帮他，两人小心将它抬上楼梯。我们把它靠在公寓唯一一面空墙上，洛伦佐以略带戏剧性的手势扯下包装，像要用他的慷慨向我袭出一记有效击打。是我最喜欢的那幅溶解的螺旋。我自然百般推却，再次以最炽烈的情感在画作前表达了我的景仰，我说这太过了，而洛伦佐只是笑着摇头。他一再重复，他永不会忘记我所做的，接着告诉我，他要把他上次展出的画全甩卖了，去付费尔南妲那边的咨询费。除了这一幅，他说，他想为我抢救下来。他把剩下的作品都搬去了圣特尔莫广场，仿佛做回了新人，半卖半送，给钱就能拿。这是他足足两年的心血，但也值了。费尔南妲，他告诉我，真的很出色。我必定也清楚，她的智慧超乎常人。面对他的激赞，我心头涌起一阵醋意，尽管洛伦佐谈到她就好像舅舅在外甥女的毕业典礼上表现出的那种无辜而盲目的崇拜。她把一切都说了，尽皆了然。官司不容易，但也并非没有可能，要是有人能打赢的话，毫无疑问就是她。在第一次调解中她已经取得了些许成果，这就是他要讲给我听的：席格丽允许他进门看孩子了。就一趟，在第二次听证会之前。但说到底，他太迫切地想见到他儿子，便当场应承了下来。

都那么长时间了，你从来没见着过？我问道。洛伦佐摇着头，垂下脸，不让我窥见他润湿的双眼。只看到过小车，有两三次吧，在特别远的地方。他一直监视着那幢房子，但他求我别把这事透露给费尔南妲。老太开始带他出来逛了，有几天早上。他还一度跟踪她去过药房，她买了好几箱奶。费尔南妲提前向他说过，这都是席格丽战略的一部分：把婴儿健康茁壮的样子展现在众人眼前，证明他当下的生活完全正常。席格丽的律师是通过使馆请的，那家事务所很有实力，但还得看庭上的表现，因为费尔南妲给他的感觉十分勇敢，我真该去看看她的听证会，她在任何时候都没有丝毫退缩。那见孩子定在哪天了？我问道。明天，他说，所以想请我最后帮他一个很重要的忙。他绞着手，如孩童般畏怯，终于抬起眼。我能不能和他一块儿去？他怕，他对我讲说，怕这段日子里那俩女的对他儿子做了些什么，怕再次走进那栋巫婆之家。他尤其怕他自己，若她挑衅的话，他会作何反应。上次那件事……那恐怖的一刻……他在自己体内见到了他无论如何不想让它重现的东西。费尔南妲也警告过他：要他再来一次的话，这官司怎么都完了。我尚未完全同意他的请求。让雷纳托和莫里亚娜去不是更好吗？我问道。他难过地摇了摇头。他已经从他们家搬出来了，他告诉我，如今他住在一家客店里。求不了他们了，他们连他的电话都不接。他很孤独，从未有过的孤独。我是唯一能帮他的了。能不能最后助他一臂之力呢？

八

我们相约第二天下午在学院区的一家咖啡店碰头。我刚推开门，就见洛伦佐叫服务员来买单。不好意思，他说，实在是因为我们还有两条街要走，我不想迟到了，生怕她以任何借口不放我进去。他把找钱放进口袋时，我注意到他的手在抖。他站起来，面容是我从没见过的凝重。我们默默走在街上，他步子很大，我努力跟上。她家在印加大街，是那种度周末用的旧屋，两层楼高，近乎荒废又令人肃然，仍幸存于城市的这一隅，被耸峙的大楼压到窒息。屋前有个小花园，久未打理，栅栏虚掩着。我们沿石板路行进，洛伦佐指给我看那些丛生的野草。我们刚搬来时，他说，她还对园子特别上心，在这儿种些蔬菜、香料什么的；可自打有了孩子她就不愿出来了。他在门前站定，像是发现了什么异状。台座那儿有根新安装的管道，连过白的漆带都没能将它完全隐藏。洛伦佐弯腰细查，沿那条不规则的折线绕过前脸、拐到侧面。是通往地下室的，他告诉我，但不知是水管还是煤气管。他嘟囔了句，我没听清。他又看了看表，按响了电铃。只听几声拖拉的疲乏的脚步声，一个干瘪的小老太太给我们开了门；因为上了年纪，她的背驼得像对折成两半，但她的眼神里似乎还保存着狰狞与凶残。她让洛伦佐进屋，我跟上洛伦佐时，她却抬手一拦，两道突兀而顽恶的目光直刺我的眼。席格丽！她尖叫着，不忘盯着我，又以更断然的语气用丹麦语喊了些什么。楼梯上探出席格丽的脑袋。她剪了头发，乍看是胖了点，但也没法确认，因为她一见我就转过头去，整个姿态透着不快。她勒令洛伦佐自个儿上去，而我只能等在门外。

我跟他对视了一秒，说我会在先前约见的那家咖啡店等他。我穿过两个街区走回去，心中轻快与忧惧交杂。奇怪的是，我在替洛伦佐害怕；我从没见过他像在那两个女人面前那样无力招架。

我在窗边坐下，点了杯浓缩咖啡。没到一刻钟，他汗涔涔地撞了进来，面色难看，右手指节刮伤了，覆着血污。此刻的他好似盲人，仍在凝睇着某个无法抛却的场景。他倒在椅子上，终于得以将目光聚焦在我的脸。他骇然地望着我。那不是我儿子，他挤出一句话。他喘着，抖得很厉害。他头抵桌子哭了起来，剧烈地痉挛。洛伦佐，洛伦佐，我从此世呼唤着他，摇着他的肩膀。对不起，他说；他用餐巾尽可能将眼泪擦了，这才留意到自己受伤的指头。他用两三张纸巾包着伤手，把血慢慢吸干。那怎么就不是你儿子了？我问道。他瞧了瞧我，眼神刚硬了，似是方才的怒火又返了上来。

她们给我看的那个，根本不是我儿子，他重复道，语气是摒弃任何怀疑的阴郁的坚决。但即便如此，在惯性的驱使下，我还是问出了那些不言自明的问题：你百分百地确定吗？小孩头几个月不都变化很大？你有多久没见过他了？而他只是摇头，幅度越来越大。上帝啊，他骤然打断我，等你有孩子就知道了，不可能搞错的：那是你的一部分。你一定能认出来的，单凭他的眼神、他的表情、他的气味。此外，我儿子跟我长得一模一样，可这孩子呢，从哪儿弄来的，好歹挑个像点的吧。说起来，你有没有发觉她们的计划？他放低声音问我。她们不知怎么弄来了这孩子，就是为了展示给大家看。老太推出去遛的是他，还会带他去种疫苗、看医生，让他正常长大；买来的奶必定也是给他喝的。而我儿子呢，此时此刻，被她们关在了某个地方。实际上他已经知道在哪儿了：必定是地下室。他把整栋屋子转遍了，从一个房间到另一个房间，连阁楼都去了；阁楼有锁，但被他一脚踹开了：不在那儿。转而他盯上了地下室：她在楼梯口装了两道半圆形的铁栅门，接合处挂着锁。他一问她要钥匙，她就把自己关进洗手间，喊了警察。他只好趴到地上，想从底缝里瞄见些什么——什么都看不见，只听到类似鱼缸换气时的咕咚声，有热浪从下边升上来，栅门也是热的。他俯卧着，感觉有个粗糙冰凉的东西蹭着他的后颈。他翻过身：是枪管，他留在家里的点二二卡宾枪。老太瞄准，上膛，把枪管抬起了些，几乎顶住他的额头。他望着她，发觉她杀他就好比杀一条狗。他缓缓站起身，老太的准星仍旧照着他的脸；她指了指门，不发一语。从心里他是感谢她的；若非如此，他一定会把洗手间的门也一并踹开，掐着席格丽叫她说出孩子在哪儿。那你手指又是怎么回事？我问道。不记得了，他说；他纳闷地观察着纸巾下的伤口。可能当时她为了不给钥匙逃进洗手间，他砸了那门一下吧。

你现在准备怎么办？我问他。不知道，他答道，一切都跟噩梦一样。待回到旅店静一静，他要先跟费尔南妲通个电话，看看如何报警。得让警察进去，把地下室打开。还得查查另外那小孩是从哪儿来的。那当然，我说，要像他讲的那样，给那婴儿做个基因检测就行。对，他似乎看见了那渺小的希望，用最后的力气牢牢攥住了它；他也想到过：DNA 鉴定，只是这会儿，他的孩子……他哽咽了。他感觉自己一天都活不下去：儿子还被锁在那种地方，任那俩女人摆布，他怎能睡得着？此外，我知不知道如今的法律时限是怎么算的？每道程序都那么慢吗？他怕他等不及了。

九

两天后，电话铃响了，当时我刚进家门，正值吃晚饭的点。是费尔南妲；她还在办公室，说她一整个下午在试图联系我。她想知道所谓换孩子是怎么回事。洛伦佐昨天一天都在她那儿，今天下午又去了，全然无法自控。你有没有时间？因为他说是跟你一起去看的孩子，我有几件事想问你。问吧，我说道。首先，你俩是约在酒吧里的吧，据他所说；你觉得他当时喝了吗？应该没有，我答，不然能闻见味儿。很好，她顿了顿，像是在查阅笔记。随后她说：你们在门口发现了一条新近安装的通到地下室的管子？是有条管子，我确认道，不过具体通到哪儿我不清楚：是他绕了一圈回来跟我讲的。我听见铅笔画在纸上的声音，许是在做着记录。好，我们继续，她问，那后来呢？

我什么都说了：我如何把洛伦佐单独跟那俩女的搁在了一起，几分钟后他是怎么回来的、精神失常。我试着将他告诉我的原原本本复述出来。假冒的儿子。满屋子找。踹开阁楼门。席格丽在洗手间报警。地下室安了新铁栅。从底下冒出的热气。抵着脖子的枪。我在某一刻提到了他流血的指节。这点她不知道，所以又多问了两句。真是个优秀的证人……如果帮的是对方的话，她说。听筒里安静了一会儿，仿佛她在迟疑，或在为下一个问题犹豫不决。这不像费尔南妲，也因此更令我好奇。还有吗？我问道。有，还有最后一个疑问，尽管在法律意义上毫不重要：当他说那不是他儿子的时候，你怎么想？你信他吗？我努力回忆我的第一反应。我信了，嗯，当场就信了。难道你不信？我问道，你觉得他会在这种事上撒谎？事到如今我只能确定，她告诉我，我仍心存疑忌——他自己是信的。这什么意思?我困惑了。今早费尔南妲收到一份通知,里头附了另一方提供的文书副本:除控告他以杀人毁屋对她们实施威胁外,还提请对洛伦佐进行精神鉴定——她们怀疑他有卡普格拉综合征。卡普格拉综合征?什么玩意儿?她也是查了才知道。很特别的一种精神疾病:患者开始不认某个亲人,将他视作陌生人,有时——恰巧是我们的情况——会觉得他被替换了。我明白了,我思索了几秒。洛伦佐也听说了?嗯,就在今天,我们还为此大吵了一架。这回我感觉他的的确确是喝多了。要不就是,他可能真疯了。没法再让他恢复理智。他还心心念念他的 DNA 测试。我跟他解释过,那相当于另一个案子,有很复杂的程序要走,而且任何法官都会因理由不足驳回他的请求。我昨天就讲了,当时我还没收到这份文书呢。我这会儿真是一件破事接着一件:不应该是我们证明她疯了么?应该是我们给她做精神鉴定吧。她是真的有病,不用怀疑,我说道。但你还得站到法官的角度上看问题,她打断我。那法官会怎么看?女方那边按时放丈夫进来,没使绊子,让他们父子团聚;而男方呢,一见到孩子就吵着说不是他的,追过去要掐她,踢坏了阁楼的门,还在洗手间入口留下了砸痕——她是靠躲在那儿才勉强保住了性命。还得考虑到,这位父亲有警方确证的家庭暴力史。我都跟他说过多少遍了,无论发生什么,一定得控制住自己。那现在怎么办?我问她,你投降了?我猜只有这样才能激起费尔南妲内心的自尊,然而她沉默了一会儿,无动于衷地给出了答复,就像顿时做了个能让她一了百了的决定。没错,我投降了,她说,不过在我看来,被打败的只是他一个人而已。我想跟你确认的是我之前就怀疑过的事。他瞒着我的那部分。我早说过,我不会给一个暴力分子辩护。若他真疯了……我深感遗憾,但也没什么可做的。今天我跟他讲,要我继续的话,他必须接受心理测试。事到如今我得确定,我到底在帮一个什么样的人打官司。他说他会想一想,可我感觉他不会再来了。我只希望他别再做出什么蠢事。有这苗头吗?我问。他离开的时候还看不出来。但当我谈起每道步骤的期限时,他告诉我,他得想别的办法了,因为他儿子没法在下面等那么久。

十

为什么没有马上打电话给他?为什么我连那么小的事都没做?为什么我,连我都选择了甩手不管?我知道为什么,当然:我怕他拽住我的胳膊,对我施以一无所有之人的绝望的哀告,粘着我,将我拖入他已然变成灾祸的生活的螺旋。故事的结尾,我和所有人一样,是在报纸上读到的,怀着在新闻中见到熟悉的名字时的最初的惊愕以及对事实——残酷却无可更改的事实——的难以置信。我与费尔南妲通话的两天之后,洛伦佐企图从与地面齐平的一扇小窗钻进地下室。深夜,他跳过低矮的铁栅,用冷凿在铁条间开了个孔。

窗上装着玻璃，洛伦佐砸窗的声响惊醒了那两个女人。席格丽报警的同时，老太拎着枪走进了地下室。据老太称，地下室里一团漆黑，她没能认出他来，只看见窗台上有个男人，像是手持武器，正要扑向她。她本能地开了枪。洛伦佐朝后倒去。他在院子里爬了几米，最终死在那条石板路上。

我是半夜去的灵堂：我不想碰到雷纳托和莫里亚娜，抑或杂志圈的任何人。是我们大家一起抛弃的他——如果彼此对视，这将是我们在眼中唯一所见。我进去时，灵堂里杳无人迹，只有撂在一旁的棺材，偶尔从走廊经过的巡夜。我逼自己上前。他的脸有些发灰，仿佛已是另一种材质，胡子尖端仍在吊扇扇叶下微微摇摆。我一路走回家，开门，发现我从未想起把画挂上。我又看了看它，心想我不能把它搁在这儿，永远在我背后，像裹尸布下的絮语、死亡的题词本。海报栏上，先前的租客留下两张带框的招贴：一张是拉奎尔·韦尔奇[①] 身着她在史前一百万年中的皮制比基尼，另一张则登着拉迪亚德·吉卜林的诗《如果》。我把画尽量塞入它俩中间，让它安睡在此，直到我下次搬家。

接下来几天，我追迹着日趋微弱的消息，期待真相大白的时

[①] 拉奎尔·韦尔奇（1940— ），美国女影星。

刻，警察进入地下室，洛伦佐的死已为他们催开大门。很多次我揣度着，他近乎自杀式的闯入，是否这才是他的真正目的：若不能救出儿子，至少也发出一个无法漠视的信号，用他的尸体为秘密地点做上标记。然而时间一天天过去，迟缓而官僚：老太被拘不到二十四小时即宣告无罪；俩女人把大门一关，谁都没法采访她们。报纸甚至没有意识到洛伦佐可怕的忧虑：他们只提到他财产的分割、酗酒史及家暴史。可话说回来，怎能指望他们知道？最后的日子里，洛伦佐形单影只，很可能再没跟谁谈起过这事。费尔南妲与我大抵就是仅有的知情者了。我想打给她问问我们能不能做些什么，但给她留了两次言她都没有回复。我在这段时期读遍了关于卡普格拉综合征的文章，虽然洛伦佐临终前的举止确实与之雷同，但这并不能说服我。他有一点与该病征的临床描述尤为不符：他们称，卡普格拉症患者看到的是亲人完美的复制品，有全然相同的外表，就像面对的是后者精确的拷贝一样，而洛伦佐告诉我的是，那小孩一点都不像他儿子。于是我进行了最终的尝试：我查到洛伦佐案的主审法院，挑了一天上午过去，说我愿意自发作证。当值书记员记下我的个人资料，镇定地在打字机上敲下我的笔录。结束时，他问我有没有证据支撑我的证言，或只是听了死者的一面之词。我承认除了洛伦佐所说，我别无旁证。书记员翻了翻案卷，指着文书中的某一行。解释在这儿呢，他说，该男子似有某种程度的精神异常,不愿承认其子的身份。这都是她讲的吧,我向他指出。确实,书记员答道,但他之后的所作所为也印证了她的话,不是么?他点了点笔录的末尾,叫我签字。就这么完了?我问道,你们什么都不做?法官会评判的,他告诉我,得保持镇静,若他是我的话就不操这心了:他每天处理各种各样的报案,那些疯子——我真该相信他——有时是很能说动人的。

后　记

这些年我常常念及洛伦佐,自大女儿诞生以来尤甚。每当看着摇篮里的她,我总觉得听到了他的话语,好似在向我展示着——从阴间——他唯一的、无可争辩的证据:那是你的一部分。同样,当我们后来搬到学院区,我总会想起他,总是在行车时规避着那条印加大街。但真正让我下决心写下这个故事的,是今天早上的一场学校活动:恰逢我带女儿去参加幼儿园的独立日庆典。严寒中,所有的孩子聚拢在入口处,我女儿也一样,几乎藏进了羊毛帽子和围巾里,像裹着运动服的僵硬玩偶。他们把幼儿园的娃娃们和小学生归到一块,慢慢列队走到场地边的看台上。这时我听见了身边两位母亲愤慨的评议:看看这,怎么带的孩子。真要命了,可怜的孩子,还碰上这鬼天气。我顺着她们的目光望过去,瞧见一个男孩:十来岁,精瘦精瘦,头发乱糟糟的,眼睛一直看着地,身上只套了件单衣，裤子上全是补丁，裤腿显然短了，底下还没穿衬裤。他在队伍中一动不动，不和任何人说话，也没有人和他说话。瞧瞧：他在发抖呢。这谁家的孩子？妈妈上哪儿去了？其中一个女人问道。他妈妈从来就没出现过：都是那老太在负责接送。我转过身，看见她靠在墙边，与我记忆中的分毫无差：驼着背，面目可憎，奇迹般地保留着当时的形貌，就像块史前化石。那么多年了，她仿佛一点都没有变老。我奋力挤到男孩的旁边，观察他；他在小声唱着国歌，依旧低着头。我审视着他的头发、脸型、皮肤。眼睛的形状。颧骨、耳朵。在他身上全然找不到洛伦佐的影子，也见不到——根据我的记忆——席格丽的轮廓。洛伦佐惊悸的声音再度在我耳边响起：她们不知怎么弄来了这孩子，就是为了展示给大家看。活动结束得比预想的早，但我在门口等了一会儿，看见他出来，走向大街，和着老太缓慢的脚步。我颤抖着同女儿钻进车里；我开启空调，第一缕暖风模糊了玻璃，唤醒着手指，我想起了那股从铁门紧锁的地下室里吹升的热浪，以及生活在下边、被完好保护着的，另一个人。

99读书人

SHORT CLASSICS
短经典精选

短经典精选系列

走在蓝色的田野上
〔爱尔兰〕克莱尔·吉根 著 马爱农 译

爱,始于冬季
〔英〕西蒙·范·布伊 著 刘文韵 译

爱情半夜餐
〔法〕米歇尔·图尼埃 著 姚梦颖 译

隐秘的幸福
〔巴西〕克拉丽丝·李斯佩克朵 著 闵雪飞 译

雨后
〔爱尔兰〕威廉·特雷弗 著 管舒宁 译

闯入者
〔日〕安部公房 著 伏怡琳 译

星期天
〔法〕伊莱娜·内米洛夫斯基 著 黄荭 译

二十一个故事
〔英〕格雷厄姆·格林 著 李晨 张颖 译

我们飞
〔瑞士〕彼得·施塔姆 著 苏晓琴 译

时光匆匆老去
〔意〕安东尼奥·塔布齐 著 沈萼梅 译

不中用的狗
〔德〕海因里希·伯尔 著 刁承俊 译

俄罗斯套娃
〔阿根廷〕比奥伊·卡萨雷斯 著 魏然 译

避暑
〔智利〕何塞·多诺索 著 赵德明 译

四先生
〔葡〕贡萨洛·曼努埃尔·塔瓦雷斯 著 金文彪 译

房间里的阿尔及尔女人
〔阿尔及利亚〕阿西娅·吉巴尔 著 黄旭颖 译

拳头
〔意〕彼得罗·格罗西 著 陈英 译

烧船
〔日〕宫本辉 著 信誉 译

吃鸟的女孩
〔阿根廷〕萨曼塔·施维伯林 著 姚云青 译

幻之光
〔日〕宫本辉 著 林青华 译

家庭纽带
〔巴西〕克拉丽丝·李斯佩克朵 著 闵雪飞 译

绕颈之物
〔尼日利亚〕奇玛曼达·恩戈兹·阿迪契 著 文敏 译

迷宫
〔俄罗斯〕柳德米拉·彼得鲁舍夫斯卡娅 著 路雪莹 译

奇山飘香
〔美〕罗伯特·奥伦·巴特勒 著 胡向华 译

大象
〔波兰〕斯瓦沃米尔·姆罗热克 著 茅银辉 易丽君 译

诗人继续沉默
〔以色列〕亚伯拉罕·耶霍舒亚 著 张洪凌 汪晓涛 译

狂野之夜：关于爱伦·坡、狄金森、马克·吐温、詹姆斯和海明威最后时日的故事（修订本）
〔美〕乔伊斯·卡罗尔·欧茨 著 樊维娜 译

父亲的眼泪
〔美〕约翰·厄普代克 著 陈新宇 译

回忆，扑克牌
〔日〕向田邦子 著 姚东敏 译

摸彩
〔美〕雪莉·杰克逊 著 孙仲旭 译

山区光棍
〔爱尔兰〕威廉·特雷弗 著 马爱农 译

格来利斯的遗产
〔爱尔兰〕威廉·特雷弗 著 杨凌峰 译

终场故事集
〔爱尔兰〕威廉·特雷弗 著 杨凌峰 译

令人反感的幸福
〔阿根廷〕吉列尔莫·马丁内斯 著 施杰 译

炽焰燃烧
〔美〕罗恩·拉什 著 姚人杰 译

美好的事物无法久存
〔美〕罗恩·拉什 著 周嘉宁 译

魔桶
〔美〕伯纳德·马拉默德 著 吕俊 译